*A Felicidad*

# CUADERNO ASINTOMÁTICO

Claudio Colina Pontes

Ediciones Baile del Sol

*Ediciones de*
**BAILE DEL**
**SOL**

Apdo. Correos, 133. 38280 Tegueste Tenerife. ISLAS CANARIAS
http://www.bailedelsol.org - E-Mail: bailesol@idecnet.com

Tiene en sus manos el

*cuaderno asintomático*

de

Claudio Colina Pontes

que contiene
un relato nómada,
22 narraciones cortas,
10 cuentos de 99 palabras
y una llamita viva

En el parto del *cuaderno asintomático* participaron:
Claudio Colina Pontes, que elaboró los relatos entre mayo de
2001 y agosto de 2002; Gabriel Díaz Mora, que ordenó el material y ofreció la foto de portada (tomada en la Exposición Mundial de la Pesca celebrada en Vigo en 1997);
Elena Villamandos y Luis Aguilera, que corrigieron los textos con
el mejor criterio y los enriquecieron con numerosas sugerencias.

El autor recomienda la lectura del *cuaderno asintomático* de principio a fin.
En seguida sabrá por qué.

LAS AUTORIDADES POLICIALES ADVIERTEN DE QUE
LEER PROVOCA UNA ADICCIÓN ASINTOMÁTICA E IRREVERSIBLE

*Por un inexplicable desmembramiento, el cuerpo tomó el camino que quiso o que pudo y mi alma quedó sola con su esencia que es la transmigración, la huida, el viaje y su retorno.*

Luis Aguilera

*Cuando estaba en la escuela hablaba con mis compañeros y decíamos: 'en cuanto dejemos esto nos largaremos a Londres para hacer algo que nadie más esté haciendo'.*

Ian Curtis

*And when I start my new life I won´t touch the ground.*

Suede

# ÍNDICE ASINTOMÁTICO

## NOTA DEL ENCONTRADOR

Cuando encontré aquel cuaderno sucio y manoseado durante mis últimas vacaciones, una mañana de un fresco jueves de primavera, mi primera intención fue devolverlo a su portador. Pero no podía hacerlo sin verme involucrado en un enredo con las fuerzas del orden. Y no hay nada peor cuando uno es extranjero. Mi segundo impulso fue tirarlo al río: en su corriente haría desaparecer ese manojo de hojas garabateadas y arrugadas a la vez que me quitaba una preocupación de encima. Sin embargo, la acera de aquel paseo portuario estaba demasiado llena de domingueros, de familias y de niños que disfrutaban de la brisa de la mañana, y cuando intenté tomar algo de impulso para lanzar cual discóbolo aquella libreta manoseada a las aguas del río, algunos me miraron con expresión de censura y tuve que desistir. Un chaval, que había parado cerca de mí con una pelota en las manos, me miró fríamente e hizo que guardara el cuaderno en el bolsillo.

Me dije que tendría que buscar una ocasión mejor para tirarlo. Tendría que deshacerme de aquel papel en privado, como si se tratara de las heces de cada día. Como se hacía con los residuos más comprometidos en la facultad de Medicina. En aquellas prácticas infames, los fragmentos de vísceras que cortábamos a cadáveres anónimos con las manos torpes de un bricolaje impaciente (sí, aquello era cortar, no se podía llamar disección), aquellas vísceras mutiladas eran retiradas de la circulación y eliminadas por unos métodos que nunca quisimos indagar.

Ahora guardaba en el bolsillo una libreta manoseada y ajena, extranjera y desconocida, que no despedía olor, que no pesaba en las manos. Era un cuaderno infestado de párrafos y ulcerado por borrones —gérmenes cotidianos— y sin embargo asintomático. Corría riesgo de infección, lo sabía, pero cada vez que me proponía sacar del bolsillo aquella libreta y alejarla de mi sistema inmune, una dejadez repentina me lo impedía.

Así pasé el resto del día. Estaba de vacaciones, me dije, y ningún síntoma iba a trastocar el plan previsto. ¿Que cuál era el plan previsto? No hacer planes.

Había cerrado la consulta por unos días y decidido salir del país. Abril es tan buen mes para descansar como cualquier otro. No soy de los que caen en la vulgaridad de cerrar en agosto. «Vacaciones de primavera». Creo que no suena nada mal. Se me había ocurrido que Bélgica, y en especial Amberes, podía ser un buen destino. Amberes, famoso por su puerto, sus diamantes, su regia catedral y sus putas. Dejé al margen síntomas, radiografías y diagnósticos para recorrer las avenidas de Amberes y hacer un poco de turismo inculto.

Aquel día desayuné en el hotel té con galletas y huevo revuelto. La camarera presentaba síntomas de gripe. Veinticuatro horas antes ya me había dado cuenta, por la mala cara que tenía. Intenté explicárselo con señas (lo de la mala cara, no lo de las veinticuatro horas) pero no estoy seguro de haberlo conseguido. Eso sí, sonreía mucho y asentía con la cabeza. Más tarde, en una cafetería cercana me senté a leer la prensa. Sentarse a leer la prensa es algo que permite fijarse en otros detalles. Desde mi mesa podía ver los rótulos de cinco joyerías cercanas. Todos los carteles estaban adornados con dibujos que representaban diamantes. Los periódicos belgas publican buenas fotos. Sobre los textos no puedo opinar, porque no los entiendo. No sé idiomas. Pero una cosa es no saber idiomas y otra distinta es no hacer intentos por integrarse en el lugar donde uno ha ido a parar. Es de lo que se trata, al fin y al cabo. De lo que se trata es de parar, no de integrarse. Aunque también. Y en primavera, más.

Una vez repasadas las noticias de la mañana, y visto que los síntomas informativos en la Unión Europea eran los habituales de un jueves, salí a pasear y a mirar escaparates.

No conocía el cambio del franco belga, así que todo resultaba baratísimo. A las puertas de la catedral, una edificación formidable y omnipresente en el centro de Amberes, dejé un puñado de monedas a los pies de un mimo que imitaba a una estatua de bronce. Ahora pienso que la propina quizá fue excesiva: no paró de mover los brazos y de gesticular tras aquella careta metalizada durante por lo menos tres minutos. Entré en el templo cuando el resto de turistas que hacían corro ante la falsa escultura empezaron a mirarme y a señalarme.

Me senté frente al altar mayor y me relajé pensando en la última apendicitis que había operado. No había estado mal, me dije. Nada mal. Había sido cosa de un ratito. Había sido como decirle al cuñado: «¿Qué hacemos, vamos al cine o vamos a tomarnos unas cañas?, bueno, bueno, espera que extirpo este apéndice y ahora lo decidimos. Ve mirando la cartelera».

En ese mismo instante tuve la certeza de que alguien de mi ciudad era ingresando por urgencias con síntomas de apendicitis; alguien estaba gritando, deseando un bisturí con toda su alma. Pero no debo pensar en eso, me dije. Traté de calmarme de nuevo, bajo la luz fría de las vidrieras.

No podía imaginarme que por la tarde regresaría a ese mismo banco de la catedral a leer aquel cuaderno asintomático que comenzaba a pesar en el bolsillo después de la hora del almuerzo. Sí, tras el almuerzo la libreta, aquel manojo de papel arrugado comenzaba a pesar cada vez más. Hasta que tuve que extraerla con ambas manos como un niño que saca del bolsillo un gorrión herido para ver qué síntomas presentaba.

Me resultó llamativo el hecho de no haber pensado en su dueño desde que lo recogí del suelo por la mañana. Paseaba por la zona peatonal del puerto cuando me fijé en un acordeonista callejero que se hallaba sentado contra el muro de piedra. Lo había visto otros días, siempre en el mismo sitio, tocando siempre las mismas cancioncillas, recibiendo monedas de los paseantes. Parece que era antiguo en esa esquina, porque los colores de su ropa se habían tornado del mismo gris de la piedra, y el propio músico asemejaba una protuberancia del muro, un apéndice vivo, un tumor sonoro.

El jueves por la mañana también estaba allí. Pero inactivo. Me acerqué unos pasos y advertí que se hallaba dormido. Si pudiera ver las frías miradas que le dedicaban los peatones, lo poco que echaban de menos sus canciones tradicionales, tocadas de manera asmática y mecánica, le daría algo.

Me aproximé un paso más y noté que de todos modos le había dado algo. El acordeón plegado descansaba sobre su tripa, y en el platillo brillaban cuatro monedas. Como no conocía el cambio, pensé que con eso no podría comprar ni una cerilla usada. Una pulga le asomó por el cuello de la camisa, y me retiré por si saltaba. Fue en ese momento cuando apareció la pareja de la policía, dos belgas maduras y bien alimentadas, que se plantaron frente a él con los brazos en jarras, chasqueando la lengua y jurando por lo bajini. Tomé una distancia prudente aunque no del todo aséptica, contando con que las pulgas tendrían más que suficiente con esas dos mujeres carnosas y me dejarían en paz.

¿Cómo se diría en francés «ojo, que tiene pulgas»?, pensaba, mientras las policías se arremangaban y se ponían en cuclillas, con un tintineo de esposas colgadas al cinto, para retirar al músico de sesión. Les costó cogerlo en volandas. La que juraba empezó a hacerlo en voz alta. La otra gruñía y apretaba los dientes. Los que mirábamos no hacíamos nada. Más que eso: mirar. No se les ocurrió retirarle el instrumento antes de levantarlo. ¿Cómo se diría en francés «quítenle el acordeón, que el paquete completo pesa demasiado»?

Sabía que no se iba a despertar. Creo que ellas también, porque no hicieron por despertarlo antes de llevárselo. No sería la primera vez que tenían que atenderlo. Lo del músico era algo asintomático. El sistema nervioso central salta de repente como los plomos de una vivienda, y ahí te quedas colgado, dormido como una marmota. No era grave.

¿Cómo se diría en francés «lo suyo es asintomático»?

Se despertaría un tiempo después y no se acordaría de nada. Se llevaría un susto al verse en comisaría.

¿Se llevaría un segundo susto al ver que había perdido un cuaderno pequeño y viejo, escrito en español? Las mujeres policía levantaron la mísera instalación del acordeonista, recogieron el platillo, le metieron en el bolsillo las cuatro monedas, y en el último momento no advirtieron la libreta, que cayó de algún bolsillo interior. La recogí sin pensarlo dos veces, sin mirar luego a las caras de los otros curiosos.

Por la tarde, en aquel escaño de la catedral le hice la necropsia a aquellas páginas con mi bisturí portátil, y encontré que si llegaban a publicarse como el cuaderno asintomático que conformaban, podían situar a su autor en un puesto preferente entre los más desconocidos y los menos vendidos de la nueva literatura española. En el cartón que hacía las veces de tapa habían grapado un recorte de la sección de sucesos de El Diario Provinciano. Me alegró la tarde el hecho de poder leer una noticia y entenderla de cabo a rabo. La información hablaba de cómo unos delincuentes de poca monta habían matado a un hombre, que sufría parálisis cerebral, con una escopeta de cañones recortados. Conocía bien la ciudad en que aquello había ocurrido. Mi amigo Juan Manuel y yo la habíamos visitado recientemente en su BMW azul metalizado, por el mero gusto de hacer kilómetros con el coche, recién comprado, y de disfrutar del ambiente de sus afamados bares nocturnos. Encontramos, sin embargo, una ciudad apagada, casi siniestra, en cuyas avenidas solitarias se estancaba un aire frío y enrarecido.

A lo que íbamos: aquel pobre paralítico caminaba solo por la calle, al fresco de la madrugada, cuando los delincuentes juveniles lo abordaron. Le dispararon desde un coche y salieron pitando.

Con el tiempo conocí a Claudio Colina Pontes y me cayó mal desde el primer momento. No me acordé de preguntarle por qué había conservado aquel recorte del Diario Provinciano. Sí me relató la manera en que perdió el cuaderno asintomático y lo mal que lo pasó. Se hallaba disfrutando de unas vacaciones de primavera en Amberes cuando se le extravió. Pero ¿cómo es que un obrero especializado ramplón como Claudio Colina Pontes se puede permitir unas vacaciones de primavera? Nunca más me planteé la posibilidad de tomar días libres en abril. A partir de entonces cerraría la consulta en agosto.

Carmelo Manzano Hernández

## DE CINTURA PARA ABAJO

Qué quieren que les diga: para ser quien soy y estar en el puesto que ocupo, no tengo mucho trabajo. Y me cuidan. Sobre todo ella. Dos veces a la semana me da un repaso a fondo. Hay semanas que tres. Me mete la mano por la boca, hasta el antebrazo, chapoteando sin guante ni nada, y me friega bien los interiores. Los niños me tratan a la patada. Pero me llevan poco tiempo, sus deposiciones son poco voluminosas y no tienen manías. Aún. En cuanto a él, siquiera me mira. Sólo me ofrece su ano. Podemos decir que va al grano –a la almorrana, en su caso- y se olvida de mí en cuanto queda satisfecho, porque cuando acaba, abre la ventana, para que el aire se renueve, y se larga con un portazo. En seis años que llevo instalado aquí, sólo se ha dirigido a mí una vez. Para ustedes quizá sea irrelevante, pero para mí ha sido un capítulo importante de mi vida. Y hoy quiero contaros lo que ocurrió.

Perdón. Aún no me he presentado. Soy el retrete de los Méndez. Vivo y funciono en el hogar de esta familia de cuatro miembros desde que se construyó la casa. Por aquel entonces, el pequeño todavía no era usuario. Y el hijo mayor era bajito aún, y tenía una puntería tan lamentable que siempre me salpicaba y hasta me chorreaba por fuera. Por cierto, algo inaudito: la concentración de sus micciones era tan alta como la de un abuelo alcoholizado. De hecho, a los pocos meses tuvieron que cambiarme los tornillos que me fijan al suelo. Los había corroído con sus de salpicones. Si se hubiera soltado la sujeción, podía haberme desnucado.

23

Pero vamos a lo que nos ocupa. El otro día —ya eran más de las doce de la noche— se asomó el cabeza de familia al baño, acompañado de una visita. Era una mujer menuda, rolliza, con el pelo corto y una voz nasal afilada por la reverberación en el alicatado del baño. Abrieron la puerta, el uno junto al otro, y quedaron como dos perritos falderos que se asoman al dormitorio principal, sabiendo que les está prohibido pisarlo. Él quedó con la mano en el picaporte, sin llegar a entrar. Ella me había visitado ya dos veces aquella noche. De hecho, lo primero que hizo al llegar a casa fue consignarme una micción breve y cálida. Había tomado café. Se nota enseguida en la textura del líquido. Me extrañó que, siendo como era una invitada, se arremangara luego la falda con cuidado de no arrugarla, se deshiciera de los zapatos y de las bragas —yo, que, debido a mi puesto, conozco el percal, debo precisar que se trataba de un modelo caro, color champán, con encaje, tipo nochevieja o aniversario de bodas—, se acuclillara en la bañera (no tenemos bidé) y se lavara con mucho, pero que mucho esmero.

Volvió una hora después, y entonces comprendí. Me entregó otra vez sus orines, y en ellos había un regusto familiar. El olor de él. Esta vez se demoró sentada sobre mi aro. Inclinó el cuerpo hacia delante, apoyó el pecho en los muslos y se asió los tobillos con las manos. Inspiró profundamente, aguantó el aire unos instantes y luego espiró por la nariz, en un suspiro largo, silencioso y satisfecho. De sus labios menores, lacios, enrojecidos, aún excitados, brotaron una, dos, tres gotas de semen. Ahora cobraban sentido los sonidos amortiguados de forcejeo blando, de risitas y lamentos que había escuchado. La esencia no cayó en mi boca, sino en la pared. Eso me molestó. Estas cosas ocurren por acuclillarse. La gente no se da cuenta de que hay que sentarse en posición correcta para que los flujos, reflujos, humores y residuos caigan en el agua, donde tiene que ser.

Viernes. Entonces caí. Sí, era viernes. La señora y los niños visitaban a la madre de ella los viernes. La señora los recogía en el colegio e iban directamente a casa de la vieja. Menos mal que la abuela no viene casi nunca. Toma medicamentos, y los moñigos que expulsa, arrugados y defectuosos, sin textura ni cuerpo, están impregnados de los residuos de las medicinas. Es algo que me irrita el sifón, y me deja alterado por un par de días. Nadie sabe como yo sabe lo que son los efectos secundarios.

Casi siempre llegaban tarde los viernes. Los niños, exhibiendo alguna chuchería que les había regalado la abuela. Ella, con algunas copas de Licor 43 de más. Aunque no era boba. Entraba en casa mascando el chicle de menta más fuerte del mercado, y con gestos de cansancio disimulaba muy bien la torpeza que se le había anclado a la lengua. Venía lo antes posible a verme, y en su líquido espumoso y abundante había un pestazo inconfundible a alcohol. Una vez me dejaron una revista abierta sobre la tapa. Un artículo hablaba sobre los jóvenes alcohólicos de fin de semana. Y no tan jóvenes, añadiría yo.

Al día siguiente, sábado, a mi dueña le tocaría limpiar con estropajo —siempre a mano descubierta, con esas manos resueltas, recias como las de un legionario— estos espermatozoides exploradores de mundos porcelánicos. Estos espermatozoides, hermanos de los que tantas y tantas veces han pululado, vivos y calientes, por entre sus dedos, aquí, a mi lado, en la bañera llena de agua espumosa. Pillines.

Pero estaban ambos entonces, anfitrión e invitada, ya saciados, a las puertas del baño, de mis dominios, con la mano en el picaporte sin decidirse a entrar. Se dirigió a mi, y fue la primera vez que lo hizo desde que nos conocemos, hace seis años. Y me di cuenta en ese momento de que nunca me había hablado, de que nunca me había mirado de verdad, como se deben mirar quienes conviven, y lo que me sorprendió no fue aquello, sino el hecho de que sólo en ese momento fui consciente de su silencio de más de un lustro de duración.

—La clave no está en el número de veces que vas al retrete en un día, sino en la calidad del excremento —dijo.

Vale. Se sabía la primera lección, la más básica. ¿Qué mas me podía contar que no supiera?

—Yo noto cuando he comido bien, lo que se dice comer alimentos de calidad, cuando voy al retrete y expulso un moñigo compacto, duro pero no rugoso, sin esa sequedad que se padece a veces, sino consistente, lubricado y de una vez.

Se miraron tiernamente. Entrelazaron las manos. Se besaron. Otra vez. Profundamente. Con pasión.

Quise tomar la palabra. Creo que si consideramos quién soy, el puesto que ocupo y mis años de antigüedad (los dos trienios no me los quita nadie) tenía algo que decir. Algo que comentar, que puntualizar, no más. Pero mi dueño continuó con la exposición:

—En realidad, la humanidad se ha equivocado con el diseño de los retretes. Cagar sentados hace que nos cueste más esfuerzo el dar de vientre, además de que se hace inevitable, en la mayoría de las ocasiones, que nos manchemos. Si depusiéramos de cuclillas, apenas tendríamos que hacer fuerzas. Recuerda que hay estreñidos que llegan a sufrir derrames en el globo ocular de tanto empuja que te empuja en privado. Pero lo mejor de todo es que las nalguitas se separarían adecuadamente y con toda naturalidad para impedir cualquier mancha. Con un retrete tal, mandaríamos a la quiebra a cientos de fábricas de papel higiénico en todo el mundo en menos de tres meses. Es la auténtica revolución rectal que tenemos pendiente. Ven, que te enseño los planos del prototipo que estoy a punto de patentar.

«Nada de eso», quise interrumpir. «Perdona que te diga...» Pero ya me habían dado la espalda. Se dirigían a su despacho, pero pararon en medio del pasillo para besarse de nuevo, y me dejaron con la palabra en la boca, una vez más, sin poder explicar que las cosas son completamente al contrario, que no sabe de qué está hablando, que una mierda compacta es... una mierda. Quiero decir que un rolete duro, por mucho que quieran llamarlo «lubricado», es siempre el principio de un problema digestivo para mí. Y si es largo, mucho peor. Y peor también para el bajante y para las cañerías, a quienes me debo. Nadie se ha querido enterar nunca de lo que cuesta desmenuzar esas masas apelmazadas de las que alardea la gente por ahí. Y ¿qué decir de las diarreas? ¿Cómo se atreve ningún médico a llamar «síntomas» a las benditas diarreas? Las diarreas (que no es más que una papilla dulce, y ese es el secreto mejor guardado de todos los tiempos, sí, las diarreas son dulzonas) son perfectamente digestivas para cualquier sifón; una diarrea por la mañana significa el principio de un día feliz. No entiendo de qué se quejan. Son unos mierdas.

## ANOCHE

Voy a sentarme a esperarlo aquí, en el sofá, con esta revista abierta en el regazo. Yo, tranquila. Como si tal cosa. Pero cuando lo vea entrar por esa puerta voy a preguntarle: «¿Dónde estuviste anoche?» Y como me conteste: «Ya te lo dije», daré un golpe de efecto. Le diré despacio: «Voy a contar hasta diez y te voy a preguntar en serio qué hiciste anoche. Y será mejor que no me mientas».

—Hola, cariño. ¿Leyendo revistas? ¿Me preparas un café?

—Voy a contar hasta diez y...

—¿Cómo? Paso de esos trucos psicológicos baratos de revistas para mujeres.

## LLAMITAS

Todas las bombillas del mundo se murieron una noche y tuvimos que recurrir a las velas. Durante las noches siguientes la vida transcurrió tranquila, hasta que las llamitas quisieron liberarse de los pabilos para bailar a su aire. Un incendio precioso quemó a todos los vivos.

# NÓMADAS

—Estamos a punto de llegar —dijo, asomándose por la ventana del tren y asintiendo con la cabeza, con una sonrisa ansiosa—. Estamos a punto. Debe quedarnos una media hora, o así. No. ¿Media hora? ¡Qué digo! Quince minutos. Quince.

Con esas y otras frases Zoilo daba la impresión de querer retener a su lado a una persona muy importante que se había hartado de su compañía y deseaba marcharse de allí cuanto antes para regresar a sus asuntos. Sin embargo, la persona importante, yo, no tenía escapatoria, tal como me hallaba, encajado en el rígido asiento frente al de Zoilo, mis flacas rodillas de oficinista contra sus rodillas endurecidas de labriego, en un vagón atestado de lo que por aquí se conoce como el «Tren del Llano». Además yo, como blanco entre andinos, no contaba con asuntos importantes a los que regresar. De hecho, estaba sentado frente a mi asunto. Mi único asunto. Ése era Zoilo, sí, el hombre más importante del mundo. Yo no podía regresar. Ese indio que hace tres meses salvó la vida, alzó de nuevo la cantarina voz sobre la algarabía del vagón para asegurar:

—Nos acercamos ya. Estamos llegando.

El Tren del Llano ascendía paso a paso por un desfiladero de la cordillera, y a cada curva la locomotora parecía espirar el último estertor de una agonía que nos dejaría abandonados en mitad del pedregal. Pero recobraba fuerzas cada vez con un rugir de calderas recalentadas. Y seguía tirando de nuestro vagón de madera.

Tenía náuseas. Zoilo confiaba. Las madres, con hatos de ropa y paquetes de víveres, sabían aguardar, porque parecían esperar –lo que fuera, pero todas lo mismo– desde que se construyó el tren, en otro siglo. Los niños, que en las primeras horas del viaje chillaban y se divertían incordiando a las gallinas que sus padres llevaban a casa, dormían en los rincones. Sus cuerpecitos se estremecían con los traqueteos del tren.

Zoilo miró una vez más mi mochila, y en sus rasgos curtidos por los años se mezclaron la curiosidad y la aprensión. Sabía que llevaba una grabadora y una cámara. La cámara daba igual. Es, pensaría, una cámara de fotos como la de cualquier turista montañero. Pero no, la grabadora no. No he dejado claro que quiero grabar todo lo que me cuente sobre lo que ocurrió allá arriba, donde estaba su pueblo. Lo he dicho, lo he insinuado cuando subimos al tren, hace once horas, y se negó con una sonrisa. Pensé entonces que una negativa con sonrisa andina era un impedimento negociable, pero ahora, once horas después, creo que no. Se trata de una prohibición de lo más seria.

El magnetófono desapareció de mi mente unos minutos después, cuando me pregunté por qué Zoilo había accedido a regresar a aquel lugar. Caí en la cuenta entonces de que el gentilicio de su pueblo se había convertido en un adjetivo que sólo podíamos aplicar a este superviviente. Zoilo es de Pullo. «Zoilo es el pullense». Caí dormido al fin.

*

Saltamos a tierra en la estación más cercana a lo que era Pullo. Nunca mejor dicho: el paradero consistía en una cabaña posada sobre una estrecha explanada de tierra. Zoilo saltó del tren como un chaval. Yo, entumecido, bajé de un trompicón, y unos pasos más adelante logré colocarme la mochila. Cuando comprobé que no había ni un alma en los alrededores, pude hacerme una idea de dónde estábamos. Era media mañana. El viento frío que había penetrado al amanecer por entre las tablas del vagón y que me había impedido dormir, se había convertido en un aire quieto, caliente, sobre el que pesaba un sol que no dejaba ninguna sombra. El silencio de las montañas lo cubría todo de un resplandor extraño. Sentí en el vientre la soledad, o el abandono, o una sensación más antigua: el desamparo en el rostro viejo de los montes pelados.

Hacia abajo, las vías que nos habían llevado hasta allí se perdían por entre el caos inquietante de un pedregal que parecía estar a punto de desmoronarse sobre la línea férrea. No se podía regresar. Más allá, estribaciones de la sierra. Al fondo, a cientos de kilómetros, la línea irregular del horizonte mezclaba verdes con el celeste de la distancia. Me senté sobre una roca para ajustarme las ligas de las botas cuando Zoilo, que se había adelantado unas decenas de metros, me llamó con un silbido. Señaló el sendero con una vara y, sonriendo, movió los hombros repetidas veces, quizá pidiendo disculpas por el trecho empinado que nos esperaba, quizá preguntándose por qué me demoraba tanto. No podía comprender su impaciencia por regresar a Pullo. Y eso me ponía de muy mala leche. Desde mi roca traté de tomar aire y eché otro vistazo a la estación. La cabaña era tan precaria que un golpe de viento podía desplazarla cincuenta metros más allá o más acá. En cada viaje, el maquinista del tren tendría que afinar el tiro para frenar más arriba o más abajo, según hubiera soplado el viento dominante la semana anterior. Fue entonces cuando la choza pareció responder a mis pensamientos: las cañas del techo crujieron con el aire caliente. Me pareció oír un murmullo. Me levanté de un salto para ver si había alguien dentro. Pero algo se torció en mi estómago antes de dar tres pasos. Clavé las rodillas en la tierra y vomité en el silencio de los Andes.

*

—Cuando ocurrió el suceso de Pullo, tres meses atrás, también quedó arrasada la siguiente estación, que nos quedaba más cerca.

¿Qué quería decir Zoilo? De todas maneras, si hubiera quedado intacta no tendría sentido parar allí. Zoilo esperaba una respuesta.

—Sin duda —dije, con el poco aliento que tenía. Llamaba a aquello «el suceso». Qué curioso. Tenía que anotarlo en cuanto llegáramos. Era un detalle importante para el reportaje. El suceso. El último suceso. El definitivo. Bien mirado, sucedieron tantas cosas en aquellas horas, que acabaron de una vez por todas.

Estábamos ya a medio camino. Eso quería creer. Me latían las sienes y sentía la debilidad en las rodillas a medida que subíamos por el pedregal. Las bocanadas de aire que tomaba, y que trataba en vano de acompasar, servían de poco: a esa altitud, cientos de alfileres se me clavaban en los hombros, en el pecho, en las manos. Los pulmones se me acartonaban por dentro; todo el cuerpo protestaba por la alta de oxígeno. Zoilo continuaba la charla con su voz cantarina, y yo sólo podía responderle con monosílabos. Pero eso era lo de menos. Se diría que intentaba llenar aquel silencio opresor, suplir con sus palabras las voces de los viajeros que hasta hacía tres meses transitaban por el sendero en un día como aquel. No nos cruzaríamos a nadie por el camino. No habría nadie a quien saludar, haciendo un alto en la caminata, ningún vecino a quien preguntar cómo estaba el tiempo allá arriba, en Pullo. Todos habían muerto. Sí, aquello era el monólogo nervioso de quien intenta aplazar un encuentro inevitable.

La poca vegetación que había visto desde la ventana del tren había sido sustituida por amontonamientos de roca viva. A mayor altitud, más revuelto estaba el paisaje. Troncos de árboles muertos, cauces cortados, pedruscos despellejados en mitad del sendero. Y en la cumbre, al fin, detrás de una roca redonda que parecía un meteorito posado en la tierra y a punto de despeñarse vereda abajo, llegamos al altiplano.

Zoilo se sentó en el suelo. Hice lo mismo sobre un pedrusco, sin decir nada, sobre todo sin preguntar nada, sin mirarlo directamente. No me senté cerca de él, aunque tampoco lo suficientemente lejos como para no advertir que su pecho se movía con una respiración profunda y que su rostro dibujaba una sonrisa triste. O quizá sólo fruncía el ceño para protegerse del solajero. Entonces dirigí la vista hacia lo que sus ojos contemplaban. La planicie, un pedregal alargado de varios kilómetros cuadrados, estaba limitada al fondo por un bosquecillo poco denso. Había tablas entre las piedras, hierbajos incipientes, algunos restos irreconocibles, quemados por el sol, que parecían haber salido despedidos por una onda expansiva desde un centro imposible. El aire caliente y racheado. Las nubes de polvo entre las piedras. Y el silencio muerto que se adueña del paisaje tras las batallas.

—Aquí estaba mi pueblo —empezó. Metí la mano en la mochila y tanteé hasta encender la grabadora sin descubrirla. Ahora no le quitaba ojo—. Aquí estaba —extendió la mano e hizo un círculo en el aire, como quien ha perdido una moneda y señala el lugar de la acera donde puede haber caído del bolsillo.

Me arrellané en mi piedra, casi de cuclillas como estaba, y saqué libreta y bolígrafo. Por reflejos del oficio. Y para no perderme detalle.

—El camino que bajaba de allá —señaló la cordillera— y llegaba acá, ahora no para aquí. Ya nadie baja.

Me miró e intentó una sonrisa. Las náuseas, la altitud y el sol me impedían apreciar el conmovedor sentido de la hospitalidad de Zoilo. Logró al fin sonreír con todos los dientes (los que conservaba). Días después, en una sala de espera del aeropuerto internacional, fue cuando caí en la cuenta de que Zoilo me invitó ese día a su casa, y por eso tenía tanto afán de agradar. Sí, yo era su huésped extranjero, aunque allí faltaran su casa y su familia entera. Cuando miré el altiplano, para romper la pausa en que nos habíamos estancado, noté que le echó un vistazo rápido a la mochila. No detectaba ninguna actividad magnetofónica desde su sitio, de eso estaba seguro, pero algo me decía que en el fondo no se fiaba de mí.

—Antes las piedras estaban fuera. Ahora están todas revueltas.

Por sus ademanes deduje que antes del suceso el pedregal rodeaba el altiplano, dedicado al cultivo. Ahora las piedras han ganado la partida. Zoilo apretó los dientes. Me cohibió aquella situación, que creó un nudo incómodo entre los dos, en medio de un paraje azotado por la violencia del agua. Todo aquello me golpeó por dentro y me entraron náuseas de nuevo, pero pude contenerme. Sería por el esfuerzo de controlarme que se me nubló la vista. Pero entonces era cuestión de abrir las orejas, no los ojos. Zoilo siguió:

—No queda ningún sitio de sombra.

Era verdad. Las piedras habían ganado el terreno, se habían hecho con el altiplano una vez eliminados los obstáculos: las vallas, los establos, los muros de las casas.

—No me queda nada. Sólo recuerdo de los nómadas.

-¿Los nómadas? —interrumpí, entreabriendo los ojos. Me sentí algo mejor cuando comprobé que podía hablar.

Se supone que mi labor consistía en preguntar y la del otro en responder. Luego se hacía otra pregunta. Que el otro respondía. Otra pregunta. Respuesta. Es lo que se llama una entrevista. Desde el fondo de mi dolor de cabeza me preguntaba cuánto tardaría el pullense en ir al grano. Tendría que esperar. Esperaríamos. Pero, ¿había grano?

Zoilo sólo guardaba dos recuerdos de infancia, y en torno a ellos, vívidos, fue capaz, con algún esfuerzo, dijo, de reconstruir un escenario irregular y traslúcido, que abarcaba el pueblo y los contados lugares del interior que se atrevían a explorar.

—Éramos pobres. Todos. Fuera del pueblo, todo estaba vacío y aplanado por el sol.

A varias semanas de camino la cordillera de montañas negras y ásperas levitaba sobre la lámina de bochorno transparente del horizonte reseco. Para Zoilo, según relató, era difícil darse cuenta de la pequeñez de la aldea y de lo grande que eran las montañas, sobre todo en la época en que estuvieron incomunicados, en su niñez. Sólo conservaba dos recuerdos. El primero es el modo en que la potencia insolente y caprichosa del viento peinaba las copas de los árboles y hacía volar la tierra hacia el otro lado, como una lluvia ascendente y marrón. El segundo era el sonido de unos nudillos en la puerta de casa.

Levanté las cejas a modo de pregunta.

Parece ser que aquel día de su remota infancia almorzaban en silencio, acompañados como siempre por los embates sordos del viento contra las ventanas cerradas, y cuando tocaron a la puerta, su madre sufrió tal sobresalto que derramó el vaso. El pueblo en aquel tiempo era tan pequeño que se llamaban por su nombre y entraban sin avisar en casa de cualquiera, porque no había riquezas ni secretos en ningún hogar. En algún lugar del vientre, dijo Zoilo, sintió el poder de aquella llamada. Era la voz de lo desconocido. Su padre carraspeó, como para comenzar un discurso, los miró uno a uno, dejó la servilleta sobre el mantel, se levantó.

—Fue la primera vez que oí la palabra «visita».

Zoilo saltó de la silla —aún no le llegaban los pies al suelo— y se escondió detrás de una pilastra. Su padre abrió, y tras la primera bocanada de polvo terroso y caliente, pude entrever a un grupo de hombres corpulentos, frente a los cuales las espaldas de su padre parecieron enflaquecer. Uno de ellos, que parecía el cabecilla, se adelantó y habló de un modo extraño, con acento entrecortado, sin mover las manos. Sólo alzó el índice una vez y señaló con el mentón; su padre asentía sin hablar, y los otros, callados y muy pegados a la puerta, miraban al frente. Parecían subalternos desaliñados que arropaban al jefe. Éste preguntó algo, y el padre, tras una pausa, bajó la cabeza y cerró la puerta.

«—¿Qué ocurre? —Preguntó mi madre con una voz temblorosa. El padre caminó hacia el interior de la casa seguido por la mirada de los demás, y cuando lo perdieron de vista —Zoilo no se atrevía a moverse de su puesto— lo siguieron con el oído. Había llegado al cuarto del fondo. Abría el baúl. Buscaba entre las herramientas.

El padre regresó con un bulto entre las manos envuelto en un trapo, y miró hacia la mesa, pero sólo de reojo. Abrió la puerta y lo entregó, sin palabras, al jefe, que había tendido ambas manos al oír el pestillo. Se inclinó en señal de gratitud, pero en seguida hizo un gesto a sus subordinados y a un tiempo dieron la espalda al padre, que permaneció un momento en el umbral, como apoyándose en la hoja de madera, sin importarle que los remolinos de polvo le desarreglaran la ropa. Su mirada anduvo esos instantes vacíos perdida en algún lugar, y al regresar se topó con sus ojos párvulos escondidos tras la pilastra, y en su rostro vio que no debía preguntar nada. Nunca lo hizo.

—Yo no pregunté nada.

—¿Qué había ocurrido? ¿Qué le había dado tu padre a aquel hombre? —Pregunté.

—Le dio una herramienta —dijo Zoilo, marcando con la voz cada sílaba de su respuesta.

—Ah.

—Eran nómadas —exclamó, como aclarando lo obvio, y separando las sílabas otra vez, en el mismo tono que un maestro usa con el chico más torpe.

—... Ah.

Zoilo comenzó a relacionarme con las tribus nómadas cuando cumplió los catorce, según dijo. Al día siguiente de su cumpleaños, estaban su hermano y él reparando la puerta del corral cuando vieron que unos individuos se aproximaban a lo lejos, por el extremo del altiplano de Pullo. Traían una carreta, cuya silueta avanzaba con lentitud en la nube de polvo del camino. Venían de las montañas, donde sabían, por lo que contaban los mayores, que había otras aldeas, y gente, y casas y niños, pero Zoilo no lo acababa de creer porque no podía imaginar el modo en que se podía levantar un pueblo en aquellas montañas inhóspitas. Cuando la carreta entró en el pueblo, ya todos les esperaban en la plaza.

Por las parcas explicaciones de Zoilo pude deducir que se trataba de una tribu de mañosos ambulantes. Una comuna nómada de albañiles y fontaneros de fortuna, que recorrían la región haciendo reparaciones de pueblo en pueblo. Eso le explicó su tío entonces. Y fue la primera vez que Zoilo oyó la palabra «región». Si existía esa palabra, existía de verdad vida vecinal más allá de las montañas. Hacían obras de mampostería y reparaban cubiertas. Desde aquella vez, cuando los había visto de niño, no habían regresado. Zoilo creyó durante años que aquello había sido un sueño, una aparición que, si hubiera cerrado los ojos con fuerza suficiente, para abrirlos de nuevo mirando en la misma dirección, se habría esfumado. Pero ahí estaba la carreta.

Esa mañana Zoilo oyó a los mayores que los albañiles no habían vuelto desde entonces porque creían que Pullo había sido abandonado. Tan negativa fue su impresión la primera vez. Y eso que su padre les había regalado una herramienta. No se fueron con las manos vacías.

Los ancianos de Pullo comprobaron que los nómadas se habían organizado mejor. «Se les ve más apañados que entonces», dijo, entre toses, Zacarías el Viejo, según Zoilo. Bajaron del carro una mesa plegable que tenían a mano, y la instalaron en la explanada de tierra que llamaban plaza.

Zoilo seguía con su relato, dando detalles de cómo la tribu ofrecía sus servicios a la gente de Pullo, cómo atendían a los vecinos en la plaza, en aquella consultoría a cielo abierto, con aquella mesa frente a la que exponían sus solicitudes de reparación o reforma, y yo metí la mano con disimulo entre las telas de la mochila para pulsar la tecla de pausa en la grabadora. ¿Cuándo empezaría a hablar de la catástrofe de Pullo? ¿Qué iba a hacer yo con toda aquella verborrea? ¿Quién era Zacarías El Viejo? Cortar y desechar. Temía que aquel superviviente, cruce de labrador y montañero des-

38

nutrido, sufriera alguna sobredosis de García Márquez o de Juan Rulfo, contraída antaño en alguna biblioteca pública, y que aprovechara que teníamos el día por delante para dejar volar la imaginación. Sentía las sienes espesas y los goterones de sudor bajando por la nuca; la espalda, ensopada de sudor. Las palabras cantarinas de Zolio fluían en ritmo creciente, y cada vez me costaba más esfuerzo mantenerme alerta. Ahora me hablaba de un gran invento, «la gran invención de aquellos tiempos».

—¿Qué invento era ese?

—Pues nada menos que el tornillo.

—¿Eh?

—Ellos trajeron el tornillo al pueblo y, claro está, el destornillador. Esa fue la primera vez que oí la palabra «tornillo».

Pensé en una décima de segundo que si volvía a oír la expresión «Fue la primera vez que oí la palabra...» iba a vomitar otra vez.

Por lo que me contó, los tornillos penetraron maravillosamente, esa misma mañana, en las maderas de la puerta desquiciada del corral, hasta convertirla en un mecanismo perfecto que no volvió a fallar nunca. Aseguraron asimismo portales de viviendas, empalizadas y hasta aperos de labranza.

Los albañiles arreglaron el tejado de varios vecinos, apuntalaron muros y aseguraron casi todas las construcciones de la aldea para que resistieran la estación de las lluvias, que estaba al caer. Los vecinos les pagaron con hortalizas, frutos y animales vivos. No tenían dinero. Ellos se conformaron con el pago en especie.

—¿Qué pasó cuando llegó la lluvia?

—Nada.

—¿Nada?

—No. Porque ese año no llovió —respondió, lacónico. Adoptó un tono distante, telegráfico. Pensé que me demostraba una vez más que no le gustaban las interrupciones. Añadió:

—Vino en cambio un viento fuerte y seco que agitó árboles y rompió huertos. Las casas resistieron.

—¿Qué fue de los albañiles?

—Se fueron. Habían terminado. Las familias les habían pagado. ¿Para qué permanecer en Pullo?

Me sostuvo la mirada con aire desafiante. Tras unos segundos de incómodo silencio, se puso en pie, avanzó varios metros y alzó los brazos. Señaló con ambos índices al infinito y preguntó, gritando como si estuviera a cien pasos de mí:

—¿No saca fotos del pueblo?

Centré la vista en la libreta, como si repasara las notas. No había escrito una palabra, pero Zoilo no podía verlo desde donde se encontraba.

—Las sacaré después de la entrevista. Así es el procedimiento.

Creo que le convenció aquella mentira. No hay procedimientos, que yo sepa. Tampoco había pueblo. Sí, puede que haya procedimientos. A la mierda con los procedimientos. Se sentó en el mismo sitio, rascándose la entrepierna.

—¿Volvieron los nómadas?

—Unos cuantos años después.

—Y ¿qué pasó entonces?

Me relató cómo los forasteros encontraron un Pullo fiel a su aislamiento, casi orgulloso de él, de su especie de miopía congénita. ¿Temeroso del exterior? Seguramente. Tras un formidable periplo que les llevó a reparar cubiertas en las últimas poblaciones de las montañas, y luego en los pueblos del otro lado, en los valles fluviales donde la vida era tan distinta, y los usos arquitectónicos tan diferentes, los nómadas recalaban otra vez en aquella mísera aldea. Las mismas familias vivían en las mismas casas. El viento terroso, como una maldición permanente, barría, un año tras otro, los pobres cultivos con cuyos frutos subsistían. Los tornillos seguían en su sitio, como una verdad absoluta. Como las negras montañas.

—¿Cómo afectó a Pullo la guerra civil que se libró en aquella época?

—Sí, en el pueblo se oyó algo de la guerra —respondió el labrador.

Hablaba del asunto como de algo muy distante. Zoilo se armó tal lío con las fechas que creo que la noticia del comienzo de la guerra llegó a Pullo cuando los rebeldes habían sido doblegados ya por el gobierno. Zacarías El Viejo mencionó, en medio de un ataque de tos, el reclutamiento. Era la primera vez en la vida que Zoilo oía aquella palabra. El Viejo dijo que vendrían los oficiales y los llevarían a morir a la guerra. «Tú -dijo, señalándolo con aquellos dedos sarmentosos-, tú, escóndete. Estás en edad militar. Escóndete o te reclutarán y tendrás que luchar en la guerra».

—¿Pero hubo reclutamientos en Pullo? —pude preguntar, mientras la ola ácida de las náuseas me cerraba de nuevo la garganta.

—No.

—¿Qué hicieron los albañiles aquella vez?

—Poca cosa.

—¿No se habían deteriorado las casas en tanto tiempo?

—Nosotros también cuidamos lo nuestro —respondió, con tono ofendido. Echó un vistazo a la llanura revuelta y rectificó:

—Cuidábamos.

Guardé silencio. Había logrado controlar las ganas de vomitar. Y empezaba a darme cuenta de que tenía hambre, a pesar de todo. Intentaría ir al grano.

—¿A qué se dedicaron, pues, los nómadas?

Poca cosa hicieron, según Zoilo. Pero advirtieron a la gente de que se avecinaba un vendaval muy malo, muy destructor. Lo habían visto bramar y arrasar pueblos en las montañas, y le habían tomado la delantera. ¿Cómo? No se supo. Iban de aldea en aldea asegurando las construcciones para que el vendaval no encontrara nada de qué alimentarse y se diluyera entre los árboles de la selva. La gente no hizo cola en la plaza esa vez. Los nómadas tocaron de puerta en puerta, y daba la impresión de que, más que ofrecer sus servicios, amenazaban con la catástrofe. Lo hacían con aquella forma de hablar tan extraña que no era de ninguna región, sino de todas sumadas y de ninguna. Todos los vecinos los acogieron, escucharon sus palabras, asintieron y señalaron: «Aquí; en esta parte del tejado; esta ventana; esta cerca».

—¿Nadie dudó de su palabra?

—No.

—¿Vino el viento?

—No tardó.

—¿Y?

—¿Qué?

—Que qué pasó, Zoilo.

—Pues nada, señor.

—¿Nada? ¿Nada de qué?

—Nada de nada comparado con lo de hace tres meses.

Por fin habíamos entrado en materia. Respiré hondo, miré hacia la mochila, como dando ánimos a la grabadora furtiva, y él siguió mi mirada sin comprender lo que pasaba.

—Tú dirás —animé.

—Primero vino la lluvia, de forma continua. A eso, mal que bien, Pullo estaba acostumbrado: a una lluvia espesa, a una cortina de agua. Eso fue durante bastantes horas de la noche. Los nómadas habían recogido su carpa la mañana anterior.

—¿Cómo? Creo que me he perdido algo.

—¿Se le ha perdido algo? ¿Se le ha caído algo en el camino?

—No, no, Zoilo. Que me he perdido una parte de la historia. ¿De qué carpa me hablas?

—La carpa que instalaron los últimos que pasaron por Pullo antes del suceso.

Según Zoilo, eran nómadas también, pero de otra especie. Y su carpa, más que carpa era sombrilla. Encontraron Pullo porque los albañiles itinerantes, que eran primos suyos, les habían hablado del pueblo. Era una familia de titiriteros con cabras equilibristas y perros que sabían contar.

Así fue como llegaron a Pullo. De lejos (a todo el mundo que llegaba a este llano por el sendero de arriba se le veía venir con suficiente antelación) parecía una comitiva triunfante que traía buenas noticias. Pero cuando se fueron acercando aminoraron la marcha. Y en el momento de entrar, de alcanzar la primera casa de Pullo, quedaron casi parados. Los del pueblo tuvieron que salir a dar con ellos. ¿Por qué se habían quedado arrastrando los pies en el pedregal? ¿Les daba reparo entrar en la aldea sin pedir permiso? No era eso, dijo Zoilo. Los pullenses descubrieron en sus caras una expresión de decepción inconsolable. No entendieron por qué.

Varios días después ya se habían aclimatado, ya empezaba a diluirse entre los paisanos la ilusión de la novedad. Entonces les contaron la manera en que habían caminado durante no sé cuántos meses por las estribaciones de la sierra buscándonos.

—No estábamos en los mapas –dijo Zoilo.

Los saltimbanquis se guiaban por las parcas indicaciones de sus primos.

—¿Se da cuenta, señor? No existíamos para el gobierno.

—Luego todos los pullenses que han muerto no han desaparecido porque nunca aparecieron en el plano ni en el censo —deduje—. ¿Qué se siente al no existir?

—¿Qué se siente al no existir?

—Pregúntele a los que se ahogaron por la barranquera. Yo sé que existo —se golpeó el pecho varias veces con la mano abierta—. Existo, señor.

Zoilo relató cómo los pullenses plantearon de inmediato a los primos nómadas algunas preguntas que venían rumiando desde hacía años. ¿Cómo levantar aquella tapia sin que el viento la tumbara semanas después? ¿Cómo canalizar las aguas en aquel camino sin que se filtraran bajo el muro del vecino?

Pero los forasteros sólo sabían responder con números de equilibrismo bajo aquella carpa verde y blanca; con desafíos del hombre forzudo a la sombra de la lona desteñida por las millas y las penurias nómadas.

—Las cabras —dijo—, entre actuación y actuación se perdían por los caminos. Una, la que sacaba cálculos matemáticos ayudada por el perro *Manchado*, salió...

—Y entonces llegó la lluvia —atajé, para evitar perdernos en lo que (estaba convencido) era una sobredosis irreversible de García Márquez.

—Llegó, señor.

—¿Cómo fue?

Primero vino una lluvia continua, dijo Zoilo. Era la lluvia típica de la estación, a la que Pullo estaba acostumbrado. Zoilo intentaba describir una cortina de agua. Pero, añadió, llegó un momento en que el agua se superó a sí misma, en que añadió a ese caudal del cielo una ola imprevista que bramó a las puertas del pueblo dispuesta a levantarlo en vilo y llevárselo a otro lado, a un sitio desconocido al que nadie quería ir. Y llegó por tierra, no caída de las nubes.

Por la tarde el pueblo había enterrado a Zacarías El Viejo, y con la última palada de tierra empezó la lluvia. No pudieron sentarse a beber unos vasos de ron en torno a la tumba, como, según Zoilo, era costumbre. Los vecinos recogieron sus sillas sin haberlas calentado siquiera, y cada uno regresó a su casa. La lluvia siguió con el crepúsculo, y se hizo oscura y pesada con la noche. El sonido era continuo e intenso. Sabía que sus amigos bebían, pese a todo, solos en sus dormitorios. Desde su ventana veía quinqués encendidos en otras casas, mustias llamas tras los muros empapados.

—Entonces lo oí.

—¿El qué?

—No sé... algo fuerte.

Una fuerza poderosa avanzaba desde más allá del altiplano de Pullo. El suelo vibró.

Zoilo no pudo resistir la curiosidad y salió a la calle. Otras dos o tres puertas se abrieron también. Así que eran varios los que habían oído el temblor. Tenían como dos palmos de agua en todo el pueblo, pero Zoilo no estaba alarmado.

—¿No pensaste en ponerte a cubierto?

—No. Hubo otras lluvias parecidas antes.

Aquella vibración sorda y poderosa se acercaba. En vez de preguntarse unos a otros qué pasaba, caminaron a duras penas hasta la salida de Pullo, y allí vieron la ola que avanzaba, una ola negra que en un instante los engulló y barrió la aldea de cabo a rabo. Entró por el extremo del pueblo donde estaba el cementerio. Allí arrancó al pobre Zacarías de la tierra fresca. Zoilo me explicó cómo vio, en medio de aquella oscuridad, la caja flotando y avanzando sobre la ola. No se abrió porque la habían atornillado a conciencia, pero flotó y bailó sobre la oscuridad de la ola hasta donde pudo ver. No le dio tiempo a guarecerse y también lo arrolló, igual que lo arrancaba todo del suelo y engullía animales, casas y primos. Aplastó a Zoilo contra la tierra con una fuerza líquida y terrorífica y luego lo lanzó hacia arriba. Trató de gritar, de agarrarse a algo. No sabía dónde estaba. Cuando salió a flote, entre palos rotos, ramas y restos, con la primera bocanada de aire oyó lamentos lejanos y desdibujados; la confusión de la muerte. Le llegó, muy cercano, el grito de su hijo pequeño. Trató de abrazarlo pero se perdió en un remolino de agua. La ola dio un rebote brutal al extremo del altiplano de Pullo y regresó con fuerza en una resaca ruidosa. Zoilo se preguntó si aquel golpe final era una vuelta de reconocimiento para comprobar si quedaba algo por arrasar. Después el agua bajó por el valle.

Unos minutos después, añadió, se dio cuenta de que estaba agarrado a una tabla que flotaba sobre una corriente de agua turbulenta. Se desplazaba por un cauce valle abajo, por una especie de barranco, que más que un barranco era una brecha recién abierta entre las piedras por la fuerza de la lluvia.

—No sé nada más de lo que pasó, señor.

Se encogió de hombros con esa frase. Y se quedó mirando al suelo.

¿Qué podía decir? ¿Que lo sentía? ¿Darle un pésame por toda una familia, por un pueblo entero?

—Te agradezco de veras, Zoilo, que me hayas acompañado hasta aquí. Gracias de verdad.

Después, el silencio.

*

Quité adornos, ceniceros y ropa del escritorio de mi habitación del hotel. Y puse, en un orden más o menos coherente, las notas que había tomado sobre el «suceso» de Pullo, sobre la vida y desaparición de una aldea que en el fondo nunca llegó a existir. Encendí un cigarrillo y tuve que regresar el cenicero a la mesa. Había decidido volver a fumar desde que me despedí de Zoilo en la estación de trenes de la capital. Ahora fumaba negro. Pensé entonces que, si no fuera por Zoilo, Pullo habría dejado de existir del todo. No. Más que eso. Si Zoilo se hubiera ahogado, como todos los demás, Pullo nunca habría existido para el noventa y nueve por ciento de la población del país. Incluidos los cartógrafos del Ministerio. Ni antes ni después de la inundación.

No sabía cómo podía obtener un reportaje de todo aquello. En el fondo me parecía imposible, pero en esos momentos sentía más curiosidad por la manera como algún día remoto me convencieron de que dejara el tabaco. Saboreaba el humo en la garganta y pensaba en el momento en que le pregunté a Zoilo por la amputación del meñique.

«Me di cuenta de que me sangraba la mano y vi que no estaba».

Eso había sido al día siguiente, me relató. Lo encontraron semiconsciente sobre la tabla, desnudo, quemado por el sol, flotando entre los juncos del pacífico meandro de un río, muchos kilómetros más abajo. Como Moisés en el Nilo. Lo recogieron los de un pueblo cercano. Recuerdo que sopesé en ese instante la posibilidad de que Zoilo sufriera una sobredosis más, la bíblica, pero luego me di cuenta de que la única sobredosis que le había inoculado el azar era su propia circunstancia.

Tardó bastantes días en enterarse de que era el único superviviente de Pullo. En el pueblo donde fue a parar (una población a la que incluso llegaban los coches y hasta la luz eléctrica) las lluvias habían sido sólo eso: lluvias, quizá un poco más fuertes de lo habitual. No sabían nada de olas destructoras en mitad de la noche. No acababan de creérselo.

El desamparo que lo invadió debió de ser parecido al que muestra en las fotos que le hice. En ellas, un hombre tosco calzado con zapatos polvorientos mira con ojos vencidos a la cámara, mientras señala con el índice un punto indeterminado del pedregal revuelto.

*

Me acerqué a la ventana. Encendí otro cigarro y abrí el cristal. Empezaba a lloviznar sobre los edificios grises de la capital. El olor a la primera humedad de la lluvia comenzaba a impregnar la calle.

# NOS ENGAÑARON CON LA PRIMAVERA

Nos engañaron con sus partes de guerra. No hubo daños colaterales, sino víctimas civiles acurrucadas en un garaje.

Nos engañaron con sus periódicos. No estalló una revolución campesina de extrema izquierda. Era la revuelta de la extrema necesidad.

Nos engañaron con la isobara. No llovió una gota; después, la inundación dejó vacas flotando y árboles arrancados.

Nos engañaron con este cartón de tabaco de contrabando. Es legal. Devuélvelo.

Nos engañaron con el *máster* «Conozca sus derechos de consumidor». Nos engañaron en los parques tecnológicos y en los mítines. Tenía razón Manu Chao: nos engañaron con la primavera.

¿Tienes fuego?

## GASOLINA

El Fula se había apostado en la esquina con las manos en los bolsillos, en el lugar donde no llegaba la luz de las farolas. Fumaba y esperaba, moviendo un poco los pies para ahuyentar el frío de la noche,
rascándose la cabeza y sin apartar la vista de las puertas de la cárcel.
No estaba cerca. Pero sabía que tampoco demasiado lejos. Desde allí
controlaba bien la entrada del edificio. Antes de salir de casa se había
atado fuertemente los cordones de las botas. Para estar preparado.
Era un coñazo salir corriendo con los zapatos flojos.

    —Y esta noche me va a tocar correr, seguro —murmuró para
sí-; nos va a tocar correr. Si pillamos coche, puede que no, puede
que nos evitemos un par de carreritas. Pero de todos modos, sí. O
no. Aunque yo prefiero el coche. Sí.

    Alzó la vista hacia la fachada. Leyó el letrero en silencio, síla-
ba por sílaba, moviendo los labios. Ahora los llaman centros de
internamiento, pensó. No me jodas. Cárcel, cojones. Es una cárcel.

    Transcurrían los minutos con una lentitud casi amenazante, y
por su mente pasaron secuencias de la última película de guerrillas
que había visto. Sobre todo las explosiones. Algún día convencería
a los colegas para conseguir algo de dinamita, ir al campo y volar
algo, algún establo, un corral, un coche viejo. Sí, un coche viejo. O
nuevo. Mejor, nuevo. Hace tiempo que no vamos de excursión al
monte. Pero a los colegas no les gusta el campo. Me gustan las
botas de vino y sentarnos debajo de un árbol con una botella de ron

Pampero. Imaginó un coche reventando entre los pinos, que comenzaban a arder con la bola de fuego. Se le empezó a poner dura. Recordó cómo se le paralizó la expresión a aquella fresca la noche anterior cuando él le pidió que le hiciera una limpieza del cabezal. Como se le quedó mirando, incrédula, le aclaró:

«Que me chupes el nabo, quiero decir».

Recordar aquella cara de ofendida le arrancó una carcajada solitaria.

Pero la risa se ahogó al instante en el frío espeso de la noche. Advirtió un movimiento e instintivamente agachó el cuerpo como un portero ante un penalti. Se había abierto una hoja de la puerta. Lo justo para dejar pasar un cuerpo. Un cuerpo flaco. De lado. Y gracias. Se cerró de golpe con un ruido hueco, un ruido definitivo.

El cráneo rapado brilló con los reflectores de la entrada en el instante que empleó en mirar a un lado y a otro de la calle. Era él. No se movió de su esquina porque sabía que ya lo había visto. Había visto la punta de las botas asomando a la luz de la farola o quizá el extremo incandescente del pitillo. No le voy a preguntar. Era mejor no preguntar esas cosas. Ahora tocaba poner cara de alegría. De bienvenida, o eso.

—Eh, tío —salió de la penumbra levantando las cejas, sonriendo y procurando poner las manos a la vista.

—Coño, Fula —miró a un lado, al otro, echó un vistazo fugaz a sus espaldas-, ya decía yo que había visto a alguien ahí detrás de la esquina esperando.

—Claro, tío, vengo a buscarte.

—Vale, ¿tienes coche? ¿Me dejas un cigarro? ¿Qué haces?

—Lo que tú quieras. ¿Tienes hambre?

—No. Me dieron la cena antes de soltarme. Déjame un cigarro. ¿Tienes coche, o qué?

—Tengo uno localizado. Si lo pillamos esta noche no nos dará el coñazo. Tengo controlado al dueño. Se fue de viaje a Colombia.

—De gasolina, espero. No será un diésel, como aquella vez. ¡Joder, aquella vez! Vale. Pero primero vamos a tomarnos una caña o algo. Luego cogemos el coche y nos vamos a buscar a aquellos dos. Y después nos vamos de marcha por ahí, a ver si pillamos unas niñitas o algo, que después de esto —señaló con la barbilla el edificio silencioso y sin ventanas— estoy más salido que el pico de una plancha.

# UN CASO CLÍNICO (DESGARRADOR)

Antes de relatarles el caso de mi primo Eduardo, con quien acabo de hablar por teléfono, me gustaría explicarles en las primeras líneas de esta crónica la verdadera dimensión del problema que nos ocupa, con la intención de que adviertan, de la manera lo más exacta posible, el sufrimiento familiar que genera la aparición de un caso de bibliofilia en un ser querido.

Pocas personas saben que la bibliofilia es una de las enfermedades asintomáticas y degenerativas más crueles que conoce la ciencia. Que conoce la ciencia, repito, no que estudia. El bibliófilo ha sido abandonado a su suerte en el siglo XXI. No hay subvenciones públicas para la investigación de este mal, ni para paliar los daños que provoca. La bibliofilia está ahí. Eso se sabe. Pero el bibliófilo patológico, según los ministerios, no existe. Y si existe, puede esperar. La bibliofilia —esta es una de las pocas conclusiones que los expertos han podido acotar— afecta cada vez a menos individuos, y es contagiosa sólo en determinadas circunstancias. Pero cuanto menor es la población afectada, más graves son los casos. ¿Se puede hablar de brote, de epidemia, cuando una enfermedad disminuye en número de casos pero su virulencia aumenta peligrosamente en cada individuo infectado?

El ministro de Cultura se llena la boca anunciando en conferencias de prensa la disminución del número de casos de bibliofilia y el acorralamiento del virus en unas pocas asociaciones culturales del norte del país a las que, además, se les ha retirado toda subvención. Pero sus palabras son huecas y no satisfacen a los familiares, al tiempo que hacen reír con sarcasmo a los expertos.

No adoptaré el tono radical del doctor Günter Winckelmecker, máxima autoridad mundial en esta materia, que tras concienzudos estudios, pruebas clínicas y cientos de entrevistas con bibliófilos crónicos a lo ancho de la Unión Europea escribió:

«El bibliófilo patológico presenta, por término medio, un nivel de lucidez mental tan alto que lo convierte en una persona demasiado cuerda como para manejarse con desenvoltura en la sociedad occidental del siglo XXI».

No, no hablaré en estos términos. Ahí está la obra de Winckelmecker, cuya lectura, de paso, recomiendo al señor ministro. Pero sí les relataré el caso de mi primo Eduardo, estudiante de biblioteconomía, bibliófilo crónico y —por qué no decirlo todo— auténtico vicioso de los libros, que hoy se convertirá en viajero asintomático gracias a que supo sacar jugo a su enfermedad.

Aquel día Eduardo paseaba sin prisa por entre el gentío que abarrotaba el mercadillo dominical. Llevaba gafas de sol muy oscuras, a pesar de que estaba nublado. Se había pasado la noche en vela leyendo el *Rayuela* de Cortázar, y le había dado la hora de desayunar. Tras lavarse la cara y tomar café, había salido a la calle, con las dioptrías al rojo vivo, y allí estaba, vagando por los puestos del mercadillo en busca de una nueva dosis de lectura para pasar el domingo, el único día que le dejaba libre el curso de biblioteconomía.

Conocía a todos los vendedores. Los saludaba por su nombre; les preguntaba, frotándose las manos:

—¿Qué tenemos hoy?

Ellos señalaban las lonas desplegadas a sus pies, donde tenían amontonado el género, y le hacían un relato somero de los últimos volúmenes que habían caído en sus manos. Daba igual si eran nuevos o estaban apolillados, si se trataba de novelas, manuales de electrónica o libros de cocina. Eduardo asentía, sí, sí... Pero no hallaba nada que de verdad le llamara la atención, nada con que aplacar el hambre viciosa que ya recorría su vientre con cosquilleos insistentes.

Un largo rato después, mi primo concluyó su búsqueda sistemática en la cuarta caja de cartón de un puesto, y le atemorizó comprobar que ese era el último recipiente de aquel chiringuito, y quien le miraba, esperando que comprase algo de una vez, era el último vendedor de papel impreso del rastro. No había encontrado nada. Un brote de ansiedad le subió por la espina dorsal como un calambre que se le clavó en la nuca.

Intentó calmarse siguiendo la corriente de gente que vagaba con apretujones y sudores. Vio electrodomésticos retirados de la circulación, ropa usada, abalorios baratos y nigromantes de vía estrecha que leían el tarot. Hasta que paró para descansar en una callejuela menos concurrida, protegido por una franja estrecha de sombra bajo la cual dos niños se entretenían hostigando a una cucaracha moribunda con la punta del zapato. El bicho encajaba puntapié tras puntapié y siempre emprendía la quimérica tarea de escabullirse bajo la rendija más cercana, formada dos metros más allá por la lona arrugada que había instalado un vendedor.

Aquel comerciante dominguero asomó la cabeza y observó el cuadro desde abajo, desde su taburete. En su puesto portátil de ventero trashumante arrugó la frente como quien se asombra por una noticia y posó los ojos azules en un niño, en el otro, y en Eduardo finalmente. Era un treintañero flaco de tez tostada y coleta de rizos rubios que vendía libros. Mejor dicho: trataba de vender ejemplares de una única obra titulada *Soltando lastre*. Eduardo se acercó y le dio los buenos días. Aquel peludo autóctono había hecho un viaje por África. Luego había escrito lo visto. Después, lo había editado. Y ahora vendía el material al por menor. Allí estaban obra y autor, como padre e hijo, en un escaparate ambulante. En la portada se leía bien claro su nombre: Carlos Centurión. El apellido le resultó familiar a Eduardo.

—¿Tú eres hermano del que escribió *Tocándome los cojones*?

—Sí.

Vaya, vaya -pensó Eduardo-, no teníamos suficiente con el estilo «me importa un huevo» de Jaime Centurión, y ahora aparece el hermano.

—¿Cuánto pides por el libro?

Le pareció caro, pero lo compró. También adquirió el marcador de páginas artesanal que le ofreció y que confeccionaba en serie «una compañera». De inmediato se atenuó el hormigueo que le roía el vientre. Le pidió al menor de los Centurión que se lo dedicara, y así lo hizo, con una caligrafía del todo ilegible.

Garabatos de psiquiatra —se dijo Eduardo, con conocimiento de causa.

Mi primo se relajó del todo y quiso tirarle un poco de la lengua a Carlos Centurión, preguntándole sobre literatura.

—Estamos organizando unas lecturas —aventuró el escritor.

—¿Sí? —respondió Eduardo, ávido al instante—. Podría aportar algunos escritos, ediciones raras, novelas...

—Bueno... —carraspeó Centurión- en realidad, serían lecturas de mi libro.

—¿De este libro? —Eduardo, desinflado, sopesó en su mano el volumen que acababa de comprar. Pensó en qué pasaría si leyera los capítulos saltando caprichosamente adelante y atrás.

—Sí, del libro —dijo el padre de la criatura, con cierto tono de obviedad.

—Claro, claro.

—De mi libro.

De repente dejó de apetecerle conversar con Centurión y se despidió tras desearle suerte. Mientras abandonaba el mercadillo enumeró mentalmente las preguntas que dejó en el tintero y encontró hasta siete. Siempre preguntaba mucho a los escritores con que se topaba. Él sabía por qué leía, o mejor dicho, para qué: para saciarse. Conocía con triste lucidez su adicción, la dimensión de su bibliofilia. Era un apetito animal. Pero ¿qué impulsaba a otros a juntar unas letras con otras para formar palabras, frases, párrafos y capítulos hasta lograr edificios de cientos de páginas?

En casa no pudo pasar de la página 26. La sobredosis de gerundios que contenía el libro le dejó por unas horas las pupilas dilatadas y los brazos rígidos.

Tuvo que sentarse en el sofá con un libro de masajes chinos en el regazo hasta que recuperó la sensibilidad en las yemas de los dedos, horas después. Durante ese largo rato no pudo recordar más que citas del doctor Winckelmecker mientras por su mente nublada pasaban imágenes de sesiones con uno u otro psiquiatra, entrevistas de hacía pocos días o de años atrás, y también párrafos inconexos de Marcel Proust.

Luego vino el sueño. Según me contó mi primo, tras una siesta pesada de muchas horas se levantó con la espalda dolorida, la boca pastosa y una idea muy clara en la cabeza, que –tenía la certeza absoluta- soñó minutos antes de despertar. Fue al cuarto de baño y desmontó la hojilla de afeitar de la máquina. Con ella en la mano se dirigió a la mesa de lectura, donde el *Soltando lastre* esperaba impasible, con la cubierta cerrada, a que terminaran de desflorarlo los dedos ávidos de Eduardo. El bibliófilo abrió la cubierta y buscó la página donde Centurión había plantado la dedicatoria. Amputó la hoja de raíz con un corte lento, preciso y rectilíneo y la dejó sobre el escritorio. Fue a la estantería, a un anaquel preferente en donde localizó con un solo movimiento de la mano *La hojarasca* de García Márquez, que colocó al lado del *Soltando lastre*. Abrió la manoseada *hojarasca* y aplicó una pizca de pegamento antes de la primera página, en la comisura. Allí fue trasplantada la página cercenada, que era de las mismas dimensiones y tenía el mismo tono blanco grisáceo que el resto de *La hojarasca*. Las piezas del puzzle encajaban al milímetro. Así lo había soñado Eduardo, y así había ocurrido.

Acabo de recibir una llamada telefónica de mi primo. Esta mañana ha cerrado el trato. Ha vendido el ejemplar de *La hojarasca*, dedicado de puño y letra por el maestro García Márquez, en una suma escalofriante. Ahora que tiene dinero fresco, ha pensado en salir al extranjero, en hacer un recorrido por Europa, de biblioteca en biblioteca, para palpar y leer primeras ediciones y rancios incunables.

Me olvidé de preguntarle si viajará soltando lastre con cuchillas de afeitar sueltas o con maquinilla eléctrica.

## LA IMPORTANCIA DEL BULTO

Nuestra vida está sembrada de bultos. Pequeños o grandes: cada cual carga con el propio aunque algún listillo pretenda escurrirlo. Escurrir el bulto es un error de bulto pero también lo es creer que por poseer muchos bultos se es más importante.

En los aviones modernos (el único artilugio que eleva nuestros bultos personales a idéntica altura) sólo permiten un bulto por cabeza: una maleta por cada bulto raquídeo. Quien sube al aeroplano con cuatro paquetes hace un bulto engorroso y fastidia a las azafatas. Pero puede solventarlo: ello depende del bulto que haga su cartera en el bolsillo.

# EL CAMPO, LA NOCHE, LAS ESTRELLAS

No tenía suficiente con escuchar otra vez, la noche en que me suel-
tan, las ocurrencias de éste sobre robar dinamita para volar una ca-
mioneta en pleno monte. No tenía suficiente con que ni siquiera se le
vea el detalle de tener un porrito preparado para darme la bienvenida, si es que a eso se le puede llamar bienvenida. No. No tenía suficiente. Por eso estoy ahora al volante de un coche robado, parado en
plena noche, con el frío que hace, en el arcén de una carretera
flanqueada por huertos de lechuga, viendo cómo El Fula ayuda a
saltar por la tapia del reformatorio a aquellos dos.

No entiendo cómo se me ocurrió proponerle, nada más salir, el
venir a buscarlos. Supongo que todas las cosas que no puedes pensar
en la cárcel, porque sólo piensas en salir, te salen a borbotones cuando pisas la calle. Y por la boca me salió esto: vamos a buscarlos,
Fula. Estoy intentando relajarme un poco, ahora que él está allá al
pie de la tapia y he dejado por un ratito de escuchar sus tonterías.
¿Robar dinamita? Sí, un día deberíamos robar dinamita. Pero un car-
tucho, nada más. Para metérselo por el culo y que reviente de una
vez. En el monte, eso sí. Le haríamos el favor de hacérselo en el
monte. A ver si con el impulso se monta en la copa de un pino.

El Fula está fatal. Nada más salir lo pillé fumando y riéndose
solo agachado en una esquina, en la oscuridad. Me dio un susto de
muerte. Menos mal que se me ocurrió sobre la marcha decirle que ya
lo había visto, que caminaba hacia él. Si no, puede sospechar que voy
a hacerle algo. Menudo es El Fula cuando sospecha de uno. Peligro-

so. Peligroso como los chicos. Aunque los chicos pueden ser buenos ayudantes si no están demasiado drogados. Aquel día, el día de la gasolinera, se portaron bien. Sí, digamos que bien. Rápidos y limpios. Pero fui demasiado generoso cuando les pagué.

No. No lo puedo creer. Pero qué mierda de reformatorios hacen ahora. Vale que lo llamen «centro de menores» y que tenga una pinta un poco menos cutre que los de mi época, pero que se escapen a la desbandada no es serio.

—¡Eh, eh, haz algo, que se me vienen todos! —Grita El Fula, que ha regresado corriendo hasta el coche.

—¿Y qué voy a hacer yo? ¿Qué? ¿Qué?

—¡Algo, algo! ¡Arranca!

—¡Páralos tú, Fula! ¡Páralos como sea!

Pongo en marcha el motor pero no enciendo las luces. Dos niñatos enjutos vienen corriendo sobre las lechugas como si en ello les fuera la vida, envueltos en la oscuridad espesa pero sin levantar el menor ruido. Tras ellos ha saltado la tapia un grupo de diez o doce que vocifera mientras se acerca a la carretera como una horda hambrienta. Sólo cuando tengo a nuestros colegas a dos pasos de las portezuelas puedo reconocer sus caras desencajadas, no sé si por el fin del encierro, por el primer minuto de libertad o por miedo a los que vienen detrás. Entran en el coche y cierran con seguro. Acelero en vacío, pero El Fula se ha entretenido con algo.

—¡Fula, qué coño haces! ¡Que se nos suben todos aquí!

El Fula coge un palo grande del suelo y le da en toda la cara al que llega primero. Suena como una barra de hierro en un saco de boxeo. Veo cómo cae boca arriba, y cómo se le queda temblando una pierna, muy tiesa. No le da tiempo ni a gritar. Los demás llegan hasta ese punto y allí dejan de chillar. El Fula ha dejado la estaca ensangrentada sobre el pecho del tipo, y el pobre imbécil intenta quitársela de encima con movimientos ridículos, como quien intenta espantar una cucaracha de la camiseta.

Cuando salimos chillando ruedas estoy seguro de que no nos oyen. Ni siquiera se acuerdan de nosotros. Principiantes.

# LA ROSA DE LOS VIENTOS (VIGÉSIMO SÁBADO EN SECO)

Al regresar a casa tras la sesión de gimnasio lo primero que hizo Juan Manuel fue revisar el contestador automático, como siempre. Había una llamada registrada, pero cuando escuchó el mensaje decidió enseguida que no lo contestaría. Transcurrían esas primeras horas de la noche en que se hacía necesario rechazar las llamadas inoportunas para centrar los esfuerzos en planificar la cacería inminente. Comió algunas sobras del día anterior. Se duchó. Se afeitó con esmero. Parece mentira lo que se suda al lavar el coche, se dijo, con un murmullo. Se había acostumbrado últimamente a murmurar cuando estaba solo. Había leído en el *Diez Minutos* que el hecho de hablar solo denotaba inteligencia. Había hecho lavar el BMW azul metalizado a conciencia en la estación de servicio. La niña de sus ojos. El BMW azul metalizado. Siempre se refería a él así. En su oficina tenía dos tocayos, y Juan Manuel aún iba a tardar dos o tres días en sorprender a sus compañeros en una conversación parecida a esta:

—Juanma me ha pedido que le busques estos informes. Es urgente.

—¿Qué Juanma?

—El bemeuveazulmetalizado.

El BMW azul metalizado importado de Alemania era la nave seductora a bordo de la cual triunfaría esa noche. De hoy no pasa, pensó. Se bañó en colonia tras aplicarse con sumo cuidado el fijador y peinarse con un peine especial, de dientes suficientemente separados como para dar lo que él consideraba una imagen situada en el punto medio ideal entre la elegancia y lo juvenil. Las entradas, sin embargo, le jugaron una mala pasada. Ya no había manera de disimularlas. Trató de no desinflarse, y tarareó el estribillo de aquella canción de Mamá Ladilla:

«Sube a mi nave,

tu amiga gorda no cabe...»

*

La noche es de los hombres —sentenció entre dientes—, de los hombres que salen solos. Se dijo que ya estaba bien de salir en pandilla, de amiguetes que acababan vomitando en el retrete de la discoteca o perdiendo las llaves de casa; ya estaba bien de quedar con todo el mundo y tener que hacer mil llamadas para ponerse de acuerdo en el cuándo y el dónde; ya está bien, se repitió, sin querer pensar en la verdad, en que la pandilla se había disuelto, o, mejor dicho, uno a uno sus miembros habían ido desertando sin explicar nada. Todos sus amigos estaban casados, tenían niños o habían dejado de salir, sin más. Ya estaba bien.

Al bajar del BMW se asió el cinturón con ambas manos, hinchó los pulmones, metió barriga y se ajustó los pantalones. No se acordó de lo leído el jueves anterior en una revista de tendencias en la cafetería del club de tenis: el gesto de subirse los pantalones en público quedaba totalmente proscrito para el hombre moderno. Cogió el suéter de tono pastel y se lo colocó sobre los hombros, las mangas enlazadas sobre el pecho. El BMW quedó en doble fila. Se repasó el peinado con las yemas de los dedos, frente al retrovisor. Chasqueó los dientes. El fijador no aguantaba nada el calor de la noche veraniega. El lunes, sin falta, tenía que encargar a su peluquero uno más fuerte.

La doble capa de cera que había ordenado aplicar al BMW azul metalizado en la estación de servicio brillaba con las luces de la noche entre dos utilitarios de fabricación coreana bastante vulgares. Juan Manuel se convenció en un instante de que los coches cuya salida bloqueaba el suyo no tenían pinta de ir a salir en toda la noche. Sí, tenían aspecto de pertenecer a los vecinos, que estaban tan tranquilos en casa. Durmiendo.

En realidad no le gustaba nada ese barrio. ¿Por qué se había puesto de moda como zona de copas el casco viejo? Nadie lo sabía. Era sucio, los vecinos molestaban, tiraban cubos de agua desde los balcones. A veces, cubos de agua con lejía. No se podía aparcar. Había hasta mendigos. Qué horror. Pero era allí donde había que estar. Aparecer por la alameda habría sido un paso en falso. Habría estado fuera de lugar. En la alameda no quedaban ya más que bares para divorciados ambientados con cha-cha-chás y mambos.

El portero lo saludó, buenas noches, buenas noches, ¿qué tal?, pero un ¿qué tal? que no espera respuesta, porque Juan Manuel ya estaba con un pie dentro. El primer vistazo al interior del local no fue desalentador. Sintió un hormigueo en la espalda. Respiró hondo. La veda estaba abierta.

Llegó a la barra.

—Chica, ponme un etiqueta negra con hielo en vaso ancho.

—¿En vaso bajo?

—En vaso bajo.

Apareció en su mente la imagen de sí mismo, el lunes posterior, sudando en las máquinas del gimnasio los excesos del fin de semana. ¿Por qué es el cerebro tan impertinente?, se preguntó.

\*

Era ya el quinto whisky. Hacía años que no contaba las copas que consumía; los mismos años que llevaba sabiéndose con dinero suficiente en la cartera para pagar, y sobre todo para invitar en un momento estratégico. La camarera, una niña mona con la melena suelta sobre los hombros bronceados, tenía ese toque de engreimiento que ella confundía con clase, el gerente del local con distinción, y un trío de clientes más jóvenes y más guapos que Juan Manuel con sensualidad oculta. Ellos la desnudaban con la vista. Juan Manuel también, pero con la capacidad de análisis —le encantaba esa expresión— que le daba la experiencia. Como entretenimiento menor. Como entretiempo de algo que —estaba convencido— iba a suceder. La camarera iba de acá para allá sirviendo a unos y a otros, y periódicamente atendía a la llamada de Juan Manuel:

—Chica...

Y apuntaba una rayita en un papel. Cada rayita, un nuevo etiqueta negra. Las tripas protestaron. A la mierda la acidez, pensó. Estoy hecho un chaval, no como otros. Sonrió y buscó con la mirada la mesa, al fondo del local, donde se habían sentado Alfonso y su mujer. Cuando entraron, un rato antes, no se había alegrado de verlos, pero alzó la mano desde su taburete de la barra para llamar la atención de Alfonso y que acudiera hasta él. Le gustaba que la gente acudiera a sus llamadas.

¿Cómo estás?, bien, ¿y tú?, bien, aquí, tomando algo, ¿y ustedes?, aprovechando de salir, hoy que tenemos canguro, ya sabes, las gemelas..., ya, entiendo, oye, Juan Manuel, ¿estás solo?, ¿te apetece que busquemos una mesita para los tres?, no, gracias, es que estoy con una amiga, entró un momento en el baño, es que nos conocemos de hace poco y es un pelín tímida, ¿sabes?, a ver si en otro momento..., a ver si quedamos, coño, que estás desaparecido, a ver, venga, vale, ¡me alegro de verte!, ¡hasta luego!, vale, venga, chao.

A la vez que giraba su taburete hacia la barra para tomar otro sorbo y volver a admirar las maravillosas caderas de la camarera, que buscaba cervezas en la nevera, pensó en que debía haber aceptado la invitación. Por el rictus de mala leche que puso Felisa, la que parió las gemelas, cuando su marido le propuso compartir unas copas, valía la pena aceptar. Sólo para hurgar un rato en los monosílabos sosos de Felisa e intentar averiguar por qué le caía mal. Además, quería contarle a Alfonso lo de su ascenso inminente.

Buscó con la mirada su mesa, al fondo, y lo vio. Vio un adulto con barriga y canas cambiando frases cortas, de tarde en tarde, con una mujer vestida con ropa holgada de tonos discretos. Ella no parecía disfrutar demasiado. Se apartó la gasa vaporosa de una de las mangas y miró la hora.

Juan Manuel confiaba en que Alfonso no le hubiera contado a su mujer a lo que se dedicaban en los campamentos de verano, en aquellos veranos eternos y calurosos de cuando tenían once y doce años. Sonrió. Siguió recordando y empezó a reír entre dientes. Se le empezó a escapar una carcajada cuando tenía el vaso en los labios. La camarera se volvió y lo miró con esos ojos insolentes y profundamente verdes. Luego ella amagó una sonrisa cuando le sirvió un platito de cacahuetes, pero él no percibió ese tímido signo de tregua, porque estaba atento a un grupito de jóvenes que entraban en el local.

En aquel cumpleaños, cuando cumplió doce, Alfonso le regaló una brújula de latón. La usarían juntos en las excursiones del verano siguiente. Tenía el norte marcado con una ene mayúscula azul marino grande e historiada. Los otros puntos cardinales parecían menos importantes. Si encontraba el norte, sabría ubicar el sur, el este y el oeste. Pero ¿por qué debía encontrar el norte? Y ¿para qué servía conocer dónde estaban el sur, el este y el oeste, si siempre había que caminar hacia donde marcaba la aguja?

Apuró el vaso y ella apareció. Venía de alguna parte del interior del bar y se apoyó en la barra con un gesto tan leve como decidido. Buscaba a la camarera. ¿Cómo es que no la había visto antes? Estaba seguro de que no se hallaba dentro cuando él había llegado.

—Pero el hecho es que ahí está —susurró.

De pronto entendió por qué había que buscar el norte. Los nortes, aquel norte: aquel norte magnético. Todos los nortes. El norte de aquella mujer estaba compuesto por un rostro que lo miraba con una expresión que él creyó de interés, y que quizá fuera de mera curiosidad por notar cómo la observaban desde el otro extremo de la barra con una insistencia policial. Por eso ella le sostuvo la mirada. Pero bueno, ¿qué le pasa a éste?, se preguntó ella, y él se dijo, vaya, vaya, ¿qué pasa aquí?, esta diosa está buscando guerra.

Acudió la camarera a atenderla y Juan Manuel no perdió la oportunidad de contemplar su sur embutido en una falda estrecha, esos sures, los mares del sur, los montes del sur, aires del sur, el sur también existe. Vaya que si existe. Y el otro sur era el sur de su norte, un valle moreno que los no iniciados habrían llamado escote. Y los trópicos. ¿De Cáncer? No. De Capricornio. La camarera había comenzado a preparar el combinado que Rosa (la Rosa de los vientos) había encargado, y ella respondió al escrutinio de Juan Manuel con una mirada a su trópico, que era un trópico adiposo y fondón, una barriga que se empeñaba en adquirir prominencia contra todo correctivo aplicado con las máquinas infernales del gimnasio. Juan Manuel hizo lo que pudo por meter barriga y empezó a bajar del taburete para acercarse hasta ella.

Ella callaba, quieta y sola en la barra, manteniendo ese equilibrio indescriptible con apoyos desapoyados de antebrazos morenos y de muslos que asomaban por la abertura de la falda, y parecía sonreír a nadie en medio de lo que a Juan Manuel le pareció el truco de equilibrismo más tierno que pudiera idearse. A Juan Manuel le vinieron a la cabeza meridianos que se juntaban en el Polo Norte. No a docenas, sino a cientos; miles de meridianos que convergían en la laguna de deshielo azul que señalaba el Polo Norte, la madre de todos los nortes. Ese era el secreto que guardaba el norte azul, grande e historiado de su brújula de latón.

Ya estaba a un paso de Rosa. Seguía sonriéndole a nadie y él estaba preparado para decirle si quería ser su meridiano y converger, y volver a converger otra vez como meridianos en un polo descongelado por la pasión, ¿nos vamos al polo a juntarnos cual meridianos que somos?, y en el último segundo pensó que proponer un viaje al Polo Norte no era buena manera de romper el hielo, y que era mejor destino el ecuador, con sus doce horas de sol implacable, su ecuador terso y precioso con un ombligo apetitoso que le estaba haciendo la boca agua.

Su marido no estuvo de acuerdo. No estuvo de acuerdo con nada. No necesitó oír una sola palabra para desacordarlo todo, para llegar por sorpresa proveniente de algún ángulo imprevisto, rodearla por la cintura, coger su copa y llevarse a Rosa a una mesa en el momento en que Juan Manuel iba a empezar a recitar su declaración de fervor.

*

Al querer salir del bar estaba más borracho de lo que pensaba. Con la vergüenza apaleada buscaba equilibrios en las rodillas y apoyos disimulados en la pared para largarse de allí, y cuando llegó a la puerta notó que algo había causado allí un desbarajuste muy desagradable. Era justo lo contrario a lo que le pedía el cuerpo en aquel momento. El portero intentaba aplacar la furia que le bullía en los ojos y le hinchaba las venas del cuello alisándose enérgicamente la chaqueta del esmoquin. Se secaba con la palma de la mano el sudor de las sienes y de la nuca, y aplanaba con pisotones insistentes la gruesa alfombra de la entrada, que había quedado arrugada por el altercado.

—¿Qué pasa, Fermín? —preguntó Juan Manuel a media lengua, mirando al suelo en busca del bicho que creía que el otro intentaba matar.

—Niñatos hijos de puta...

—¿Quiénes?

—Cabronazos. Me quedé con sus caras.

—¿De quiénes, coño?

—Cuatro niñatos que acaban de aparecer. Querían entrar y no los dejé porque uno de ellos llevaba calcetines blancos, y otro chándal.

—¿Y qué?

—¿Cómo que y qué? ¡Cojones! Intentaron tirárseme encima los cuatro a la vez y el más alto fue a darme un cabezazo en la nariz pero lo tumbé al suelo de una patada en los huevos. Entonces va otro y saca del anorak una recortada y me apunta, el muy hijoputa, me apunta a la cara y se quedan un momento ahí en la acera, donde saben que no puedo salir a currarles, y empiezan a partirse de risa. Se largaron corriendo. Iban hasta arriba de coca. Uno tenía hasta un resto de farlopa pegado por debajo de la nariz.

\*

No se lo podía creer. En lugar de su BMW azul metalizado había un miserable montoncito de cristales rotos. Y coches intactos a su alrededor. Y nada más. Un grito le salió del fondo del estómago:

—¡Hijos de puta!

Una ventana se abrió de golpe y cayó sobre Juan Manuel un cubo de agua.

## LA FERIA DE PEKÍN (I)

El inventor de los calzoncillos con bolsillos mereció el primer premio en la XXXV Feria Internacional de Inventos de Pekín. La recompensa consistió en un breve paseo en globo sobre la Gran Muralla, una medalla de oro con guirnalda de orquídeas y un cheque con muchos ceros. El inventor dobló éste en ocho y lo mostró, cogido con dos deditos, a las innumerables cámaras de los reporteros. En un alarde demostrativo se desabrochó el cinturón y deslizó la mano experta entre las telas de la ingle. El talón quedó a salvo en uno de aquellos bolsillos ocultos y cálidos.

# MEDIO KILO

Conducía por aquella carretera con los ojos ávidos, como si su único afán fuera superar todas las curvas, tragarse de un golpe todos los kilómetros de asfalto para llegar a un lugar donde existiera algo de luz, al menos una penumbra que le sirviera para distinguir el suelo del firmamento. No preguntaron adónde iban, pero El Fula les dijo en al menos nueve ocasiones (nueve fueron las veces que apuntó mentalmente el conductor antes de dejar la cuenta para no perder los nervios) que la casa de su tío abuelo quedaba de paso. En vez de iluminar huertos de lechuga, los mustios faros del coche vertían ahora su luz precaria sobre extensiones de frutales, arbolillos perdidos como fantasmas enraizados en la oscuridad.

El frío había arreciado en el campo. Las palabras que cruzaban los cuatro eran también frías y escasas. Pero los chicos traían consigo algo de chocolate y ya habían encendido el primer canuto. En el reformatorio (ellos decían siempre centro de menores) habían sobrevivido gracias a la venta de hachís. Eran auténticos minoristas de grifa y sus derivados. Un negocio con futuro.

Por el espejo interior, el conductor echaba vistazos de vez en cuando al asiento de atrás, donde encontraba miradas endurecidas y rostros alerta. Se daba cuenta de que los chicos habían aprendido algo, quizá alguna de las cosas importantes, desde la última vez que trabajó con ellos. Desde aquel día de la gasolinera. Sólo hablaban cuando el conductor o El Fula les preguntaban. Acataban sus órdenes. Les tenían miedo. Los chicos llamaban a eso respeto.

La noche iba a ir bien, pensaban. Más que bien.

Todos tranquilos.

Esto va a funcionar.

Aunque nadie entendía aún por qué El Fula quería visitar al tío abuelo.

—Hey, tío, ve frenando. Es allá —dijo.

—¿Dónde?

—Allá. ¿No lo ves?

—No veo nada, Fula.

—Aquella luz, joder.

—¿Allá arriba?

—Sí, allá. ¿Estás ciego, o qué?

—Hay que joderse.

En el asiento de atrás, alguien chasqueó los dientes.

La loma subía desde el punto de la carretera en el que habían parado hasta una distante casa de campo de perfiles desdibujados por la oscuridad. Una ventana desprendía la única luz que podía verse en varios kilómetros a la redonda. Su resplandor amarillento parecía a punto de morir, acosado por las tinieblas.

—Tenemos que subir a pie —dijo El Fula.

—Ni lo sueñes.

—Es que si nos acercamos con el coche, el viejo se va a alertar con el ruido del motor.

—¡Joder, Fula! Los tíos abuelos siempre son sordos. ¿Qué pasa con el tuyo?

—Que oye mejor que tú.

—Pues caminando, ni lo sueñes. Vamos, que ni de coña. Te espero aquí. Haz lo que tengas que hacer. No. Haz lo que te dé la gana. Y no jodas más.

—Ah, ¿que no quieres venir?

—Que no, Fula. Que no camino.

—Pues voy con los chicos.

Dieron la última calada al porro y se pusieron en marcha los tres. Mientras veía cómo se alejaban del coche, cómo la noche engullía el sonido de sus pasos y las tinieblas se tragaban los colores vivos del anorak de uno de los chicos, el conductor trató una vez más de relajarse. Todo iba a ir bien. Necesitaba ver gente. Hacer algo. Echar un polvo.

Pasó casi media hora y no sucedía nada. La carretera olvidada, el cielo sin luna, el camino oscuro, la lucecita de las narices. Todo igual. Los nervios le roían las paredes del estómago. Cuando el pulso se le encaramó poco a poco desde el pecho hasta la garganta, haciendo más y más angosto el paso del aire a cada latido, lo decidió:

—Me largo. Y me importa un cojón dejarlos tirados como una colilla.

Y luego pensó: bueno, aunque si vamos a hacer algo esta noche —y esta noche tenemos que movernos, porque estamos sin blanca— necesito retenerlos. Y tenerlos contentos. No puedo trabajar solo. Jodido trabajo...

Estaba ya con la mano en la llave del contacto, listo para hacerla girar, cuando apareció de entre las tinieblas la risa cascada de El Fula, y luego su figura desgarbada que blandía delante del coche, con ambas manos, una enorme escopeta de caza.

Siguió durante un rato riéndose como un loco y elevando el arma por encima de la cabeza, cual levantador de pesas, mientras los dos chicos, cada uno a un lado y con expresión de perros de presa, sostenían los complementos ideales para el trabajo nocturno: a la derecha, unas cajas de munición; a la izquierda, una segueta. Se sintió mejor y pensó que parecían los tres Reyes Magos y que él era Jesucristo, a quien rendían pleitesía. Sí, Jesucristo sentado en un trono robado con volante, caja de cambios de cinco velocidades y cenicero ancho (diseñado según las medidas homologadas por el gobierno de Judea para colillas de porro y cenizas de narguile). Jesucristo recibía a sus adoradores, que le proveían de armas para bajar al valle y redimir a los empleados de gasolinera y a los farmacéuticos de guardia de toda la región.

Lo iban a pasar bien. No, bien no. Lo iban a pasar de puta madre.

*

Hacía tiempo que no veía una escopeta de cañones recortados tan coqueta como aquella. Los chicos descubrieron en un abrir y cerrar de ojos que serrar una escopeta de caza era bastante parecido a cortar con su sierra de mano el metal reforzado de los bastones de seguridad que inmovilizaban los coches en el centro de la ciudad, aquellos a los que eran tan aficionados. Consideraban —sin saber decirlo— que cortar un bastón era una metáfora de liberar a un preso de sus grilletes.

Liberaron al arma de lo que le sobraba. Tiraron el resto por ahí.

—Quedaba de paso, je, je, quedaba de paso la casa de mi tío abuelo —repetía El Fula, sin poder parar de reír.

—Ya, Fula, ya. Buena idea, tío. Esto nos viene muy bien para movernos esta noche.

—Te dije que quedaba de paso.

—Ya, ya.

—El viejo ya no caza, pero me acordaba de que guardaba la escopeta en el garaje. Y la cerradura del garaje es una mierda —señaló a la colina.

El conductor miró otra vez hacia allá. Ya no podía ver nada.

Todo estaba listo. Con la recortada en la mano, los chicos intercambiaron un par de frases. Uno de ellos hasta parecía sonreír.

—¡Eh! ¡Trae para acá! —ordenó el conductor—. Vamos a guardar esto hasta que haga falta.

Al abrir el maletero encontraron un portafolios de ejecutivo. Dentro había un paquete de plástico cuidadosamente envuelto en cinta de embalar.

—Hostia, tío, como esto sea...

—Pásame la navaja.

Cortaron por un costado y extrajeron de dentro un polvo blanco apelmazado.

—Hostia, hostia, no me lo puedo creer. Aquí hay por lo menos medio kilo de coca, tío.

—De primera, además —respondió El Fula, que ya la estaba catando—. De primera, de primerísima. Tengo la lengua dormida, tío.

Los chicos, alborotados en medio de la oscuridad, arrancaron de una patada el retrovisor y sobre su superficie se prepararon unas rayas generosas, largas como cartuchos de escopeta.

# LA FERIA DE PEKÍN (II)

El calzoncillo con bolsillos estaba llamado a convertirse en un clásico de la indumentaria elegante gracias a sus entusiastas, millones de hombres (y numerosas mujeres) de medio mundo, cuando un berlinés inventó el complemento ideal. Presentó en la XXXVIII Feria de Pekín el cinturón retráctil. No era un cinto elástico, sino simplemente retráctil. Para extraer el contenido de los bolsillos calzoncillescos no haría falta nunca más desabrochar la hebilla. Era suficiente aflojar el cinturón o tirar de él por las anillas ergonómicas. Sencillo, como todo lo genial. Una revolución comparable a cuando las maletas de viaje aparecieron con ruedillas.

## NOTICIAS DEL MUNDO

Dieron las nueve de la noche del veintisiete de diciembre en la redacción de El Diario Provinciano cuando salió impetuoso el director de su despacho y vociferó por encima de las cabezas de los laboriosos redactores:

—Que a nadie se le ocurra escribir una inocentada. Sin bromas, señores. Somos un periódico serio. No publicamos inocentadas.

Qué soso, murmuramos. ¿Creerá que dirige *El País*?

Contamos en la sección de Sociedad que el perro de una actriz murió por alergia a las pulgas. Que los japoneses cultivan sandías cuadradas. Que se agotó el licor de mierda en las vinotecas de Lisboa.

# EL RUMANO

—El Rumano es el que resuelve. Es el que nos va a resolver. Vamos al Rumano, le decimos, eh, Rumano, tenemos medio kilito bueno-bueno-bueno, perico colombiano al cien por cien, ¿cuánto?, y El Rumano nos da la pasta sobre la marcha y sin preguntar nada.

—Es un mierda.

—Es un tío cojonudo. No va a abrir la boca. Billetes sobre la mesa, y punto.

—El Rumano es un mierda. Un comemierda.

—El Rumano es el que nos va a resolver. Y punto. Y te callas.

—El Rumano es una cagada.

—Cuidadito, Fula, que El Rumano es un tío cojonudo y es amigo mío y la coca se la vendemos a él porque lo digo yo y porque la coca es mía.

—¡Ja! ¡Tuya! ¿De quién es el coche?

—Sí, el coche lo cogiste tú, pero ¿quién encontró la farlopa?

—El Rumano es un mierda.

—Ahora me dirás que vayamos a venderles el paquete a tus colegas del barrio. Esos no han visto más de cinco gramos juntos en su puta vida. Ven esto y se cagan de miedo.

—Pero El Rumano es un mierda.

—Cállate ya, que no me dejas conducir.

—Cállate tú, o te meto un huevo en la boca.

## LA NIÑA DESCALZA

El almuerzo había sido distendido y la conversación había fluido de manera cordial, a pesar de que el músico vigilaba los movimientos del director y procuraba medir las frases cada vez que le tocaba responder. Lo conocía desde hacía años y sabía qué tipo de carácter tenía: entre dubitativo e iracundo. Se conocían desde mucho antes de que el director se hiciera famoso, y si algún entrevistador impertinente hubiera preguntado al músico acerca de la relación que los vinculaba, no habría sabido responder si la amistad era sincera o su trato se basaba más que nada en el trámite profesional.

El director había adquirido cierto bagaje que consistía en una ópera prima brillante y una segunda película que la crítica había considerado muy digna. Ahora hablaban de la tercera, la que debía mudar al director de su condición de joven promesa a la categoría de cineasta reconocido. La gran obra en ciernes cuyo rodaje iba a apoyarse en un presupuesto generoso conseguido sin demasiado esfuerzo por la camarilla de incondicionales del director.

En los postres, el director le describió la secuencia:

—La chica vuelve entonces arrastrando los pies, con su maleta desvencijada, la deja en el suelo (en ese plano se debe notar que está muy cansada), se pasa el dorso de la mano por la frente, y el chico aparece a contraluz. Se quedan mirando cinco segundos, cada uno en un extremo del plano, hasta que caminan el uno hacia el otro y se abrazan. Ahí es donde empieza el tema que necesito.

—El tema. Ya —dijo el músico, poniendo cara de interés.

—Debes comprender que tiene que ser un tema conmovedor pero ligero, una canción con poesía y amargura. Y con un toque de fatalidad, sin embargo. Tú me entiendes, ¿eh?

—Con poesía. Ya. Creo que capto la idea —respondió el compositor, tratando en vano de mostrar algo de entusiasmo.

En los días siguientes había recordado esa charla muchas veces, frase por frase, con la esperanza de que en alguna de las palabras del director se encontrara la llave que abriera la fuente de los sonidos que debían arropar la escena. Esas mismas frases y la manera en que el director describía el abrazo y luego gesticulaba tarareando con los ojos entrecerrados y haciendo el ademán de quien toca un violín. También se acordaba de cómo miraban al cineasta los de una mesa cercana. Lo habían reconocido. Sólo a él, claro. Un compositor de bandas sonoras no se hace famoso nunca por su trabajo. ¿Cómo iba a ocurrir tal cosa? Pero pensó también, aunque sin poder librarse de un resabor amargo en la garganta, en la cantidad de clases particulares de solfeo que se había ahorrado impartir gracias a los generosos cheques que le enviaban a cambio de sus partituras para los largometrajes.

Un tema romántico. Eso es lo que quería Alejandro. Eso es lo que le había encargado y lo que tenía que suministrarle. No, suministrar no: administrar, inocular. Inyectar en la oreja dubitativa, iracunda y al cabo generosa de Alejandro los sonidos que encogieran los corazones del público con una oleada de poesía y amargura (sin olvidar el toque de fatalidad) en la secuencia más importante de su nueva película.

—Una canción romántica —dijo, y se sorprendió al oír su propia voz, seca, imperativa, en la penumbra del salón.

Hablaba solo. Estaba solo. En su estrecho piso de barriada, un pisito que parecía construido por el Ministerio de Industria, entraban por las persianas entornadas las últimas luces de la tarde. Se hallaba sentado al piano, que era el único mueble con prestancia de la vivienda. Sentado al imponente instrumento pulsaba las teclas con desgana; un desdén que se iba mezclando con impaciencia y aprensión. Se agotaba el tiempo. Se acababa el plazo. Y tenía las manos vacías, la mente anémica. Los sonidos le huían del pensamiento durante minutos interminables y luego lo invadían de manera atropellada en forma de viejas canciones escritas en la adolescencia y que hoy en día le causaban sonrojo. No podía pensar en componer un compás, siquiera una melodía sencilla, y el día siguiente a las diez de la mañana tenía que presentar la partitura terminada. En la lentitud estéril del crepúsculo ni siquiera podía pensar en levantarse para encender la lámpara del salón, que se hallaba ya entre tinieblas.

Céntrate, Humberto, céntrate, pensó.

Respiró hondo y trató de recordar la primera regla del curso magistral de «técnicas de composición libre» que tanto le inspiró en su día. A la vez, trató de rememorar la cara del profesor, aquel pianista virtuoso e imprevisible, y sólo pudo acordarse del modo imperioso, casi violento, con que pisaba los pedales al tocar. Posó los diez dedos sobre el teclado y, como si le fuera la vida en ello, extrajo de la caja el acorde rotundo de sol mayor. El sonido redondo llenó la estancia y después se fue apagando en armónicos cristalinos para desembocar de nuevo en el silencio. En la nada. Tuvo entonces la impresión de que la tapa del teclado se cerraba sobre sus manos, y las apartó con un movimiento rápido. Pero era su imaginación la que puso en movimiento aquella bisagra. La tapa seguía en su sitio. Los sonidos, las notas románticas, poéticas y amargas (con un toque, cómo no, de fatalidad), se escondían en algún lugar de entre las cuerdas del piano. Se asomó a la caja, en una búsqueda asintomática, y vio las cuerdas tensas y paralelas como las líneas de un pentagrama en blanco. ¿Dónde estaban los acordes?

—Si tú no vienes, yo no puedo hacerlo solo. Así que tú verás —dijo, con la cabeza dentro del piano.

Se levantó. Encendió la luz de la sala, que inmediatamente se hizo más pequeña, y fue a preparar café tratando de dominar sus nervios mientras pensaba en qué ocurriría si ella, la musa, no aparecía pronto. A ella le había hablado. Si tú no vienes. No puedo solo. Habían pasado varias semanas desde la cita con Alejandro en el restaurante. Desde entonces, con el encargo en cartera, y sobre todo con la promesa del cheque, la vida le había parecido amable. Había dado sus clases, había tocado mucho por las tardes y no había anotado ninguna de las frases, secuencias y melodías que le habían surgido de entre los dedos, con la ilusión de que el tiempo corría a favor suyo. Se dijo que fundiría todo lo que había tocado durante esos días apacibles, tomaría las armonías más poéticas y sobre ellas compondría el tema central de la película.

Ahora el tiempo se acababa.

Concéntrate, Humberto, se dijo de nuevo, con la taza de café en la mano.

Al regresar al salón vio pasar una sombra blanca tras la persiana.

—¿Eres tú? —Gritó. La descorrió de un golpe pero el halo luminoso de Euterpe, su musa, ya se había esfumado en el alféizar.

Se sentó de nuevo al piano y se esforzó en ver algo más que teclas blancas y negras en paralelo, mudas como piedras pulidas y desafiantes como un rompecabezas. Se acordó de la vez que cerró el teclado con llave y luego no la encontraba por ninguna parte. De hecho nunca apareció y tuvo que forzar la cerradura. Ahora, se dijo, le tocaba forzar un candado invisible que encadenaba los sonidos que flotaban en el aire, los acordes inminentes que no acababan de cuajar, para enhebrar el hilo de notas más tierno de que fuera capaz. Miró de reojo hacia la ventana. Tenía la seguridad de que Euterpe se había dado una vuelta por el salón mientras él, en la cocina, apagaba el fuego de la cafetera y cogía una taza del armario. Euterpe había rondado por allí, no quedaba duda. Había visto el papel pautado aún en blanco, había refunfuñado con decepción y había volado por la ventana. «Después de tres semanas, nada», habría murmurado.

Humberto no se explicaba el porqué del mecanismo divino, pero sabía que las cosas funcionaban así. A la musa le gustaba la gente laboriosa. No entendía cómo una inmortal, una hija de dioses, podía tener una mentalidad tan pequeño-burguesa, pero era dolorosamente consciente de que Euterpe se empeñaba en ayudar a la gente que estaba en brecha, no a los que necesitaban de verdad su luz.

Fue a preparar otra cafetera pero se había terminado el café. Así que se sirvió una ginebra con tónica. Eso le ayudaría a invocar a su niña. Comenzó a tocar una de Cole Porter que había aprendido años atrás con su primer profesor de piano. Esta vez la tocó con todo el volumen que se merecía la canción, pero le imprimió un ritmo más espeso. En el fondo de su consciencia tenía la esperanza de crear la mejor atmósfera posible para acoger a Euterpe, lograr que regresara y se sentara en el borde de la caja del piano.

Cayó la noche al otro lado de la ventana. Una noche sólida y sin luna. Con la tercera ginebra, el calor del alcohol se empezó a desplazar por el interior de su cuerpo como una ola sensual, desde la nuca hasta la punta de los dedos, que improvisaban más y más rápido sobre un tema de Chet Baker. Las manos tocaban y la mente trataba de concentrarse en algo. En un punto de luz. En cualquier cosa que pudiera aprovecharse.

Con la quinta copa en la mano, Humberto pensaba en la escena más intensa del anterior largometraje de Alejandro, y no podía acordarse bien de cómo era la música que llevaba. Intentó tararear la canción, y entonces se dio cuenta de que llevaba varias horas divagando sobre el teclado sin escuchar su propia voz, que entonces le sonó extraña y repulsiva. Abarcó de un vistazo todas las anotaciones que había hecho en los pliegos de papel pautado que tenía sobre el piano. Las azarosas horas de trabajo de esa noche se resumían en un montón de páginas (unos pocos gramos de papel) que podía tirarse a la basura sin temor a perder nada.

Y su cerebro se iluminó en el instante anterior a que su ánimo y su cuerpo reblandecidos se rindieran y cayeran al suelo. Euterpe había pasado por allí. Él buscaba tazas de café en la despensa y la niña malcriada había paseado su esencia de luz por la sala en el preciso momento en que no podía verla. Lo había hecho aposta. Había despreciado su esfuerzo. Él había intentado crear un ramo fragante de sonidos durante semanas. Se había sentado para hablar cara a cara con el instrumento, para verle el rostro a las notas y preguntarles el sentido de su existencia a los acordes, uno por uno. Había exprimido todos los recursos que podían recordar sus diez dedos. ¿Por qué le huían las melodías? ¿Por qué sus manos hacían vibrar los acordes más ricos, y tras ellos no hallaba más que un vacío mudo? ¿Por qué no llegaba a nada? ¿Por qué no ir a buscar a la musa para pedirle una explicación?

\*

Le importaba un pimiento el roce que acababa de hacerle al coche en el costado cuando maniobraba para aparcar. Lo importante es que había aparcado al fin, se dijo. No comprobó los daños sufridos por su utilitario de segunda mano. Tampoco la abolladura del deportivo que recibió el golpe. Estaba en una explanada de tierra sucia, llena de cascotes y botellas rotas, sin luces, donde iban a parar los conductores que acudían a la Costa Polvoranca a esas horas, en los momentos más intensos de la noche. La avenida y las calles principales de la Costa estaban abarrotadas de vehículos, las aceras y las bocas de garaje invadidas por los coches de los noctámbulos, y Humberto tuvo que recurrir al pedregal, como última solución, tras dar muchas vueltas. El solar era administrado por un yonqui desmañado con un único diente que exhibía siempre, cual exigua reliquia, en su farfullo repetido cuando pedía una propina por vigilar los coches. Iba pertrechado con una linterna negra y muy larga que le colgaba del cinto y que en la oscuridad de los solares de la Costa Polvoranca podía confundirse con una porra. Un arma vigorosa en manos de un saco de huesos y pellejo a punto de sucumbir a la próxima dosis. En otro punto del cinturón, apoyado en los lastimosos huesos de las caderas, brillaba un manojo enorme de llaves.

Humberto le dio una moneda sin mirarlo a la cara, procurando dejarla caer desde cierta distancia para no tocar su mano, y caminó mirando al suelo, sorteando cascotes. Al salir del solar polvoriento y pisar el asfalto de la avenida se paró y miró sin prisas las fachadas de los bares, una por una, de derecha a izquierda. Creía que algún síntoma le daría indicios del escondrijo de la musa. Tuvo que entornar los párpados para enfocar la mirada. ¿Dónde estaría la niña?

Hacía meses que no pisaba la Costa. Igual que siempre, se preguntó cómo se les había ocurrido ponerle ese nombre a aquel sitio. Costa Polvoranca. Edificios cúbicos de ventanas mínimas junto a naves industriales pintadas de rojo, morado o naranja para recordar que habían dejado de ser fábricas y se habían convertido en clubs. Los chicos transitaban de un lado a otro en grupos pequeños bajo los carteles de neón con paso decidido o con andares ebrios o ligeros por el éxtasis químico, luciendo maquillajes cargados y galas de sábado en la noche. Cuatro chicas salían de un antro de música electrónica y se metían en un coche de lunas tintadas, riendo a carcajadas, para concretar una compra de pastillas. La Costa Polvoranca estaba a cientos de kilómetros del mar y eso era lo menos importante del mundo cuando se encendía la noche todos los viernes. La veda abierta, la noche incandescente de la Costa contaba con todos los ingredientes que se dan en el litoral salvo la molestia del mar y su brisa impertinente.

Humberto, parado allí en medio frente a las bocas de las discotecas que exhalaban aires viciados de vahos sudorosos, de la humedad sintética de los ambientadores industriales y los ritmos que escapaban por los umbrales tapizados, añoró su rinconcito de barriada y su piano. No quiso preguntarse qué ocurría en su cerebro encharcado en alcohol, en esas mismas neuronas que un rato antes lo habían obligado a salir de casa y devorar con el coche decenas de kilómetros de asfalto nocturno para huir de la soledad.

Echó a caminar por la avenida pensando que necesitaba tomar una copa para coger algo de aplomo antes de empezar a preguntar por Euterpe a los camareros, y sintió la debilidad en las rodillas.

Demasiado tiempo sentado, Humberto. Céntrate.

Pasó junto a un BMW azul metalizado aparcado en doble fila con la música a toda mecha. Dentro, unos mocosos desaliñados se preparaban unas rayas de coca gruesas como meñiques mientras gesticulaban y soltaban carcajadas. Hablaban todos a un tiempo, intentando hacerse oír por encima de los decibelios. En el asiento de atrás, uno se rascaba ambas orejas de forma frenética, como un chimpancé loco, mientras gritaba «¡venga, venga!», y el de al lado masticaba chicle y movía los ojillos redondos descoordinadamente. Humberto quiso adivinar qué era aquel objeto negro que llevaba en el regazo, y quizá la ginebra le impidió disimular mejor, apartar la vista a tiempo. El niño del chicle descubrió su mirada, escondió velozmente la escopeta de cañones recortados bajo la alfombrilla, abrió la puerta del coche y se le encaró:

—¿Qué le pasa al cabrón este? —Le gritó a la cara—. ¡Te voy a matar, maricón!

De un salto rápido le dio un cabezazo que le acertó en la cara.

*

Despertó con una sensación de frío intenso en un lado de la boca. Un camarero melenudo le presionaba la mejilla con un cubito de hielo envuelto en una bayeta con restos de ron. Miró hacia arriba y vio un techo negro y focos relampagueantes. Entraron en sus oídos los compases de la música electrónica que hasta ese momento había percibido sólo como un murmullo borroso. Recordó entonces, como si hubiera ocurrido años atrás, la firmeza cálida de unas manos grandes que lo habían sujetado por las axilas y lo habían arrastrado a otro lugar. A ese lugar.

Lo asieron por el antebrazo. Le preguntaron si estaba bien.

—Pónme un gin-tonic, anda —dijo, e intentó incorporarse con movimientos resueltos. Pero sólo pudo moverse como un muñeco de trapo. Sus palabras salieron como un borbotón áspero, y de nuevo tuvo la sensación de que brotaba de su garganta una voz ajena, en un tono, además, demasiado alto.

Decidió quedarse sentado. ¿Qué hora era? Le habían robado el reloj. Creía haber estado días enteros en coma.

—Eh... gracias por, ejem... recogerme —murmuró al camarero, que, tras la barra, había regresado a su labor como si tal cosa, y ya tenía una botella de *Gordon´s* en la mano.

—¿Qué? —La música de los Chemical Brothers atronaba, haciendo vibrar los muros del bar.

—Esto... que gracias por recogerme de la calle. Que muy amable.

—Ah. Vale —le puso la copa delante.

Humberto tomó aliento e hizo balance de daños. No le dolía tanto. Pensó que el niñato era demasiado bajo para pegar cabezazos como estaba mandado. Fijó la vista en la luz azul celeste, casi hipnótica, que filtraba el vaso de ginebra con tónica bajo los focos del club. No quería mirar a los lados, inspeccionar. La vergüenza lo devoraba cuando se daba cuenta de que había estado expuesto durante horas a las miradas de todos, que lo habían visto estragado, inerme y apuntalado en la barra como el borracho que alguien demasiado paciente había rescatado de la acera.

¿Qué hora era? ¿Dónde estaba la niña? ¿Cuánto tiempo le quedaba?

Los chicos con camisetas estrechas de tonos chillones y pantalones cuatro tallas mayores, y las chicas con trenzas y gafas de sol de fantasía se movían por todos los rincones en una danza de sintetizadores, cajas de ritmo, decibelios y éxtasis. Los pocos que bebían alcohol eran de la generación anterior. De la generación de Humberto. Los más jóvenes vaciaban una botella de agua mineral tras otra, que compraban en la barra a precio de whisky. A las puertas de los servicios se adivinaba un trajín de rápido mercadeo.

El camarero, laborioso, se acercó a buscar algo a la esquina de la barra donde Humberto se hallaba apuntalado, y él se decidió de una vez.

—Oye, esto... ¿has visto por aquí a una chica con el pelo muy largo y liso que se llama Euterpe?

—¿Esther?

—No, Esther no, Euterpe.

—¿Cómo dices?

—Euterpe, hombre, ¡Euterpe!

—Aquí vienen varias que se llaman Esther. ¿Cómo es?

—Tiene el pelo largo, muy largo y lacio. Es flaca y a veces va con sandalias de piel sencillas, de esas que sólo tienen una suela y unas tiras largas para trenzar por toda la pantorrilla, pero muchas veces va descalza. Usa un jubón blanco.

—¿Un furgón blanco? No me suena. ¿Quién viene a la Costa en furgón? ¿Dónde lo aparcas?

—Vale, gracias de todos modos. Ponme otra ginebra, anda.

Mientras intercambiaban sus monólogos, Humberto había comprobado la hora en el reloj de su salvador. Sólo habían pasado cincuenta minutos desde que había consignado el coche al yonqui de la linterna.

Miró por primera vez a su alrededor y comprobó sin proponérselo que su edad estaba por encima de la media en aquel club. Quizá la noche estaba marginándolo poco a poco. Acabó la copa sin prisa y cuando echó mano al bolsillo advirtió que también le habían robado la cartera. La indiferencia le hizo sonreír. ¿Qué más podía pasar? El bar se había llenado más aún; una muchedumbre joven, excitada y voraz lo arrinconaba contra la barra. El camarero estaba muy ocupado al otro lado del mostrador. Se levantó y salió a la calle. Notó que se quitaba un peso de encima.

El BMW había desaparecido. Caminó por la avenida costera con la vista baja (le mareaban los juegos de neón de los bares) y entró pocos minutos después en una discoteca que le pareció adecuada. Al pasar junto al portero hizo que se rascaba la cara, para que no advirtiera el golpe, que empezaba a amoratarse.

No sabía cómo habían logrado el efecto: el suelo brillaba con chispas de espejo como el asfalto regado con los cristales de un accidente. Quizá había ocurrido allí un accidente de vasos, no con coches. Un encontronazo entre camareros con bandejas repletas. Daba igual. Dos mujeres maduras, dos reinas de la noche veteranas con escotes pronunciados y uñas largas lo miraron mal cuando se cruzaron, mientras él se encaminaba hacia la barra y ellas iban al baño a empolvarse la nariz. Quizá Humberto se inclinó demasiado al pasar con la intención de dedicarles una sonrisa. A esas horas era difícil calcular las distancias.

Sintió algo de alivio al ver que había un taburete libre al pie de la barra. Lo hizo suyo a la vez que pedía un gin-tonic. Recordó en ese momento que no tenía un duro, pero dejó los pensamientos fluir para intentar urdir de una vez por todas un plan de búsqueda de Euterpe. Un inédito impulso de estratega militar surgió de pronto del cuarto trastero de su consciencia encharcada de ginebra e impotencia. Necesitaba papel y lápiz para establecer las fases de la redada a que iba a someter la Costa Polvoranca para encontrar a la niña descalza.

—Oye, perdona —dijo a la camarera, y se asombró al no poder controlar el sonido de la ere, que se le derretía bajo la lengua.

—¿Qué quieres? —Dijo secamente.

Al otro lado de la barra, la joven parecía una carnavalera contrariada. Con el pelo cardado y un gran lazo haitiano en la coronilla, una blusa cruzada de estampados caribeños y una falda corta a la cadera, que dejaba ver el ombligo moreno, daba una pincelada lejanamente tropical a aquel antro. Humberto no se dio cuenta hasta ese momento de que lo que escuchaba era una versión a golpe de sintetizador de su adorado Michel Camilo. Enseguida se fijó en las fotos de las calles habaneras y del malecón, en las parejas bailando, ellas con faldas elegantes y ellos con zapatos lustrosos, alguno que otro con chaleco de lino y coleta engominada; se fijó en la decoración de cocos, sombreros de paja y maracas cruzadas clavadas en la pared. Su edad estaba por debajo de la media en aquel club. Y la camarera odiaba su trabajo.

—¿Qué? —Repitió ella, juzgándolo y condenándolo con la mirada.

—¿Me dejas un papel y un bolígrafo?

—Esto no es un estanco.

—¡No me digas! ¡Cojones, no me había dado cuenta! Anda, pásame un papel y cállate —Humberto advirtió que, además de las eres, también las tes se le empezaban a caer de la boca.

—Eh, niña, escucha. ¿Has visto por aquí a una chica joven con el pelo liso y muy largo que se llama Euterpe?

—¿Cómo? ¿Esther?

Notó a sus espaldas una oleada de calor indefinido pero reconocible. Giró al instante en su taburete y allí vio a la niña diosa parada tras él, en su aura de luz, observándolo, esperando un movimiento por su parte. Humberto clavó la mirada en los ojos color teca de ella, que albergaban una expresión mal disimulada de reprobación. A Humberto le inundó la garganta todo el dolor de las semanas, toda la fatiga y toda la ginebra y se echó a llorar a gritos. Se le cayó la copa de las manos y asió a la musa por los hombros con el pulso tembloroso.

Euterpe se había rapado la cabeza cuando había inspirado a Prince el *Nothing compares 2 U*, y luego había seguido afeitándosela por simpatía con Snead O´Connor. Iba toda de blanco, sus manos pálidas de princesita inocente asomando bajo las anchas mangas del jubón inmaculado, y la nariz griega arrugada en una conmovida mueca de burla que quería quitar dramatismo en medio de la estridencia de aquel antro caribeño. Calzaba unos botines color teja ridículos.

—¿Por qué no te quedaste en casa esta noche? —Gritó Humberto entre mocos y sollozos, por encima de la música pachanguera.

La camarera, con los brazos cruzados frente a ellos, miraba a uno y a otro. Estaba dispuesta a no perder detalle.

—Te necesito, niña —añadió.

La camarera tragó saliva. Sonrió.

—Anda, vámonos de aquí —contestó Euterpe.

Sacó un billete y pagó la consumición, a la vez que conjuraba sus poderes para lograr que el hijo que había engendrado la camarera días antes, y cuya existencia aún desconocía ella, fuera un negado absoluto para la música. Sería incapaz de tocar una pandereta.

En la calle se levantaban rachas de brisa y empezaba a hacer frío.

—Vete a dormir, que te veo muy perjudicado, Humberto —le dijo, sosteniéndolo por un flanco para compensar su paso tambaleante.

Los grupos de noctámbulos escondían la cara entre los hombros para protegerse del viento polvoriento y apretaban el paso. El BMW azul metalizado pasó como una fúlgura por la avenida y clavó los frenos a la altura de la pareja. Los niñatos gritaron algo ininteligible desde la acera y volvieron a arrancar quemando las gomas entre risas agresivas.

—Tienes que ayudarme, por favor, Euterpe... No me dejes ahora —gimoteaba el músico.

—Acompáñame, Humberto. Joder, hay que ver el trabajo que das, tío.

Lo condujo con mucho esfuerzo hasta un portal donde lo sentó, cuidando de apoyarlo contra la pared para que no se cayera de bruces. Humberto dejó escapar varias incongruencias mientras ella se sentaba a su lado en el peldaño.

—Nunca debí regalar las sandalias —farfulló la niña, descalzándose y lanzando con rabia los botines a un contenedor de basura. Uno de ellos cayó fuera—. Ah, esto es otra cosa... —se acarició los dedos de los pies.

—Humberto...

—¿Mmm...?

—¡Humberto, coño! —Lo zarandeó con energías.

—¿Qué pasa ahora? —Tras unos segundos interminables, el músico logró enfocar la vista—. ¿Euterpe? ¡Euterpe, mi niña! Estás aquí...

Hizo un esfuerzo para ver cómo la musa levantaba la mano derecha, envuelta en ese halo de luz divina, y le acariciaba la frente con sus dedos casi transparentes.

*

Cuando la luz del día le obligó a abrir los ojos, se encontró hecho un ovillo en el asiento trasero del coche. El sol brillaba frente a él. Se incorporó, miró a través de las lunas polvorientas y descubrió que se hallaba aparcado frente a su casa. Le dolía todo el cuerpo. Se miró la muñeca. No tenía reloj. Pasó al asiento delantero y giró la llave del contacto para leer la hora en el reloj del salpicadero. Fue entonces cuando notó el bulto en el bolsillo de la camisa. Era un casete. No recordaba por qué lo llevaba encima. No tenía etiquetas.

Intentó terminar de despertar dándose un masaje en el cuello, pero tenía demasiados calambres en los hombros y en los codos y dejó caer los brazos. Sintió náuseas y abrió la ventanilla. En la calle hacía un calor pegajoso. Eran las nueve y media de la mañana del gran día del fracaso y aún no podía pensar en nada, no podía moverse del sitio. Se dijo que un poco de música no le vendría mal para comenzar a pensar en hacerse una composición de lugar, en cómo hablaría con Alejandro, cómo le explicaría al director que no había escrito ni una sola nota.

Insertó la cinta en el radiocasete y reclinó el asiento. Había sonidos extraños al comienzo de la grabación, chasquidos, risitas ahogadas, pasos y ruidos de tráfico, y de repente, su propia voz que se alzaba entre los murmullos de un bar, o quizá de un salón de actos. A Humberto le sobresaltaron sus palabras; le sonaron como sonidos ásperos y ajenos, con un tono imperativo y a la vez con una modulación fría que le costaba reconocer como suya:

—A continuación, querido público, les presento en primicia mi última composición para el cine. Se llama *La niña descalza.*

Brotaron de la grabación tres acordes lentos y tímidos tocados al piano, bajo los cuales los rumores del público se disolvieron en un silencio observador, casi vigilante. Luego el instrumento dibujó en el aire el comienzo de una melodía sencilla que caminó sola, orgullosa, sobre las teclas hasta que un arpegio de mano izquierda empezó a acompañarla, a darle color, a trenzarse y enlazarse con ella en un arco iris de tonos pastel que tras un vuelo circular volvía sobre sí mismo y se reencontraba con el tema principal, envuelto después en densos acordes surgidos de las profundidades de la caja. Pero entre las notas había algo más. Humberto descubrió poesía y ternura agridulce, fatalidad en el paso solemne de los compases finales, y la conmoción desesperada de reconocer sin lugar a dudas sus sonidos, sus propias manos sobre el teclado, y no recordar el cómo, el dónde ni el cuándo de aquella grabación.

Se secó las lágrimas y los mocos con el puño de la camisa, sudado y sucio, y giró la llave del contacto. Aún tenía tiempo de parar en el bar para tomar café antes de su cita con el director.

## NOS ENGAÑARON OTRA VEZ CON LA PRIMAVERA O UN DÍA CUALQUIERA EN LA NUEVA ECONOMÍA

Saldrás a la calle en el único medio día libre de la semana que contempla tu contrato basura, tan contento, a dar una vuelta, tal y cual, los bolsillos medio vacíos con los billetes de tu sueldo escoria. Habrás quedado con ella en que la llamarías al móvil, pero tu tarjeta no tendrá saldo. O, como dice la operadora telefónica, tendrá saldo cero. Y no habrás tenido tiempo ni dinero para recargarla. Además, su horario no coincidirá con el tuyo. De hecho, a esas alturas tu medio día libre habrá dejado de coincidir con el medio día libre de nadie. Con la poca costumbre que tienes de pensar, no te darás cuenta de que hace tiempo que no hablas con los amigos. Ni siquiera con conocidos. No hablas con nadie. Bueno, sí, con desconocidos, frente al monitor del ordenador.

—Anoche conversé con uno de Mullewa, Australia —querrías haberle dicho a ella.

Querrías. Ella. Ella. Australia, Pakistán, Canadá, un fiordo noruego, ¿qué más da? Son meros puntos en la red. Nodos. A igual nivel. En el mismo sitio. Nadie necesita mapas. La cadena de librerías franquiciadas más importante del país ha decidido dejar de vender atlas. A la vez ha anunciado que potenciará el nivel cultural de los españoles con reediciones en tapas duras de las memorias de Lina Morgan y de Manolo Escobar.

Decidirás ir a comerte una hamburguesa al *Mac Lola's*. La puerta de cristal y aluminio blanco estará cerrada. El ritual se repetirá: tocarás el portero eléctrico y el guardián uniformado, con galones y todo, te abrirá. Te rastreará con el detector de metales de la cabeza a los pies, te mirará unos segundos y luego te dejará entrar, sin cambiar un instante esa expresión de bulldog.

El local olerá a carne triturada espongiforme y a lechuga hidropónica. Aspirarás con placer el aroma y te pondrás a la cola. Te preguntarás una vez más por qué los que se manifiestan contra la globalización la toman contra los *Mac Lola's*. Unas hamburgueserías a lo grande, con todo lo que hay que tener. Organización. Rapidez. A la americana. Claro que sí.

—Deberían prohibir esas manifestaciones de peludos. Son todos unos criminales, unos gamberros y unos vagos que no van más que a tirar piedras a la policía y a romper escaparates —le habrías dicho, le habrías repetido a ella si aguardara en la cola contigo—. Son un peligro, hay que acabar con ellos. Lo dice la tele. Lo dice todo el mundo, ¿no?

Engullirás tu ración conservada, pasteurizada y aromatizada. Caerá la tarde entre nubes lilas que se deshacen. Pero no verás el crepúsculo porque los ventanales estarán protegidos con persianas metálicas anti-vándalos. Te importará una mierda si las nubes lilas se deshacen o no.

Te meterás en aquel centro informático franquiciado para naufragar por la Internet durante un par de horas. Lucirás tu bono especial de descuento para clientes asiduos. El local está cerca del *Mac Lola's*.

Mientras vas para allá, uno con el pelo largo y ropa sin marca, teñida a mano, se acercará, vomitará a las puertas del *Mac Lola's*, se limpiará la boca con un folleto de ofertas del hipermercado Alcanto, tirará el papel arrugado contra la puerta de aluminio y cristal y saldrá corriendo antes de que reaccione el guardián.

Te dirás que la gente está loca.

# SÍNTOMAS DE MADRUGADA

Aquella jornada de carretera, de libertad fraudulenta y cruda, aquella noche en blanco con cocaína, vodka de garrafón y gasolina, rodaban con un mapa ciego trazando singladuras anárquicas y asintomáticas por toda la provincia, buscando indicios, luces en las ventanas, que, si había suerte, lograban calmar su voracidad por unos minutos. Pero les fastidiaba vérselas cara a cara con un punto de llegada. Se ponían nerviosos. Violentos.

En aquellas horas de furiosos recorridos por el valle, cuando daban con un sitio nuevo, cuando llegaban a algún cruce de carreteras en el que se adivinaban indicios de vida, paraban el coche en la parte menos visible del arcén y observaban, con los prismáticos que alguien había olvidado en la guantera, los movimientos de los paisanos, sus ritmos de sueño y de vigilia, como un comando especial que acumula datos para saber dónde y cuándo golpear.

Pero en medio de las discusiones que cargaban la atmósfera dentro del coche, en medio de las amenazas y de los gritos, el conductor decidió romper el toque de queda. Entrarían en aquel pueblo sin preguntar, sin dar el santo y seña, y lo harían suyo. Por unos minutos. O por unos segundos.

Una recta esteparia de veinte kilómetros, que el motor devoró con ansia, desembocó en la avenida principal. Las calles estaban flanqueadas por masas de edificios apagados, que parecían grandes y mansos animales agrupados allí por aprensión a la soledad de la llanura, sin la intención de formar una ciudad. Aunque aquello no era una ciudad, sino un pueblo grande que con sus neones y sus escaparates provincianos emulaba, patético, el aire cosmopolita de las ciudades con puerto de mar. El único síntoma de vida disponible a esas horas era un hombre que caminaba por el asfalto con los pies torcidos por alguna deformidad. Frenaron justo antes de atropellarlo.

—¿Eres tonto, o qué? —Preguntaron, luego de bajar la ventanilla una rendija mínima, para que no se les viera la cara.

Alzó las manos, de dedos blancos y crispados como los de un artrítico, a la altura del pecho, estiró los labios, mostrando en una sonrisa involuntaria las encías desnudas de dientes; luego apretó la boca y levantó las cejas. Pero no pronunció palabra. Sólo un murmullo nasal.

—¿Qué coño pasa aquí? Debe de ser ese puto lenguaje de signos para paralíticos cerebrales —dijo el conductor.

—Cállate y vete al grano.

Le preguntaron dónde estaba la gasolinera del pueblo. Si había más de una. Cuál de ellas era más fácil de atracar. Él miró hacia el cielo con ojos idos y les dio la espalda con un movimiento acartonado. Y volvió a ellos después de un momento de silencio en el que nadie sabía qué estaba pasando. En la oscuridad un dedo índice sudaba frío sobre el gatillo negro de la escopeta recortada.

—¿Dónde está la farmacia?

Estiró el cuello como una tortuga y apoyó el labio contra la encía, en una efe muda que no terminaba de salir de la garganta. Entonces, algo reaccionó en el interior de su cerebro. Sacó del bolsillo trasero del pantalón el peine de aluminio que siempre llevaba consigo. No le dio tiempo a llevárselo a la cabeza. Dos tiros de la recortada lo pegaron a la pared.

—No me jodas —dijeron los del asiento de atrás cincuenta kilómetros más allá, cuando hicieron un alto para unas rayitas de coca—, no me jodas, aquello parecía una navaja. Tremendo cabrón, el tío.

# EN LA FERIA DEL LIBRO (O EL ACONTECIMIENTO CULTURAL DEL AÑO)

Por la mañana cruzó esta plaza llena de quioscos una abuela que se hacía sombra en la coronilla con algo macizo. Cuando pasó frente a mi puesto en la feria del libro vi que era la antología de los Beatles. Una autora llegó luego al quiosco colindante, donde habían anunciado que firmaría ejemplares. Ejemplares había. Pero no acudió ningún espécimen hasta ella, que esperaba pluma en mano.

El sol de la tarde cae a plomo sobre volúmenes vírgenes. Los paseantes los miran como trastos intocables.

—No vendemos videojuegos, señor. Sólo libros.

Coge a su hijo y se aleja refunfuñando.

# ATENCIÓN AL ARTISTA

En el asiento de atrás se formó una burbuja enrarecida de porros, cocaína, decibelios del casete y un olor nuevo y excitante: el de la pólvora y la sangre calientes; un olor áspero que se les había enganchado en la garganta.

Acababan de descubrir lo fácil que es matar y con carcajadas histéricas y frases inconexas hablaban de otra cosa, de cualquier otra cosa, para ahuyentar los fantasmas que les latían en las sienes porque aún no podían creer que matar fuera tan fácil.

Tan fácil como aquello.

La escopeta yacía en la alfombrilla y brillaba como un cetro mágico con una fría aura de poder. No podían dejar de mirar el metal bruñido.

Rugía el motor del coche por una carretera en la noche hasta que se dieron cuenta de que no estaban en una carretera sino en una avenida recta que se acababa al final de una cuesta.

El conductor, que no había soltado palabra desde los disparos, salió de sí mismo con varios parpadeos repetidos. Soltó ambas manos del volante para frotarse los ojos con energía. Cuando lo asió de nuevo, dio un volantazo repentino y gritó:

—¡Estoy hasta los cojones de este coche! ¡Atención al artista...! ¡Triple salto mortaaaaal!

Y embistió con el flanco la fila de coches aparcados y no dejó de gritar hasta que el vehículo paró completamente, varios metros más allá. Todos se cubrieron la cabeza con los brazos y chillaron y lo insultaron, y cuando el estrépito de metal y cristales paró, sonó en las cuatro gargantas una carcajada convulsa.

—¡Joder! ¡Tenía ganas de saber lo que es frenar sin usar el freno! —Dijo, mientras soltaba el volante despacio, abriendo mucho las manos, y levantaba ambos pies de los pedales hasta que las rodillas tropezaron con el cuadro de mandos.

Cogieron la recortada y lo que les restaba del medio kilo, y comenzaron a caminar sin mirar atrás, sin siquiera cerrar las puertas del coche. La avenida acababa enseguida y se vieron en las callejuelas del barrio antiguo, atestadas de coches en doble fila.

—¿Por qué no entramos en ese bar pijo de ahí?

—No, no, paso. ¿Qué mierda es esa? Vamos a coger otro coche y nos largamos para hablar con El Rumano.

—¿El Rumano? ¿El Rumano? Ah, El Rumano. No, tío, tranquilo. Sí, vamos a hablar con El Rumano. Tranquilo. Vamos primero a beber algo en ese sitio pijo.

—Mira ese BMW.

—¿Cuál?

—El azul metalizado.

—Ah, ¿ese? Vale, cogemos ese. Pero vamos a beber algo antes, tío. Estoy seco.

—Cuidado, tronco, que se te ve la culata por debajo del anorak. No seas burro, joder.

—Tranquilo, tú tranquilo.

## LA FERIA DE PEKÍN (III)

Un sencillo artilugio búlgaro fue presentado en la XXXIX Feria Internacional de Pekín: la corbata hipobárica. Parecía la típica corbata de rebajas de enero y se inspiraba en los equipos de salvamento para alpinistas, pero al revés. Una minoría preocupantemente mayoritaria del jurado se rió abiertamente de las pretensiones de lo inventores: éstos querían aliviar la presión ejercida por las corbatas en las yugulares de los altos directivos y de los políticos del mundo, para de esa manera mejorar el riego sanguíneo en los cerebros de los prebostes.

La decisión del jurado, que premió el dispositivo, acalló las risas.

# CRISIS

Abandonó el subterráneo donde trabajaba por la salida normal, la señalizada con una flecha bajo el cartel «personas sin minusvalías», que era un butrón pedregoso del que colgaba una escala de espeleólogo. En la calle se sacudió la tierra del traje, se colocó unas gafas muy oscuras para compensar el contraste entre la penumbra subterránea y la mañana primaveral de la superficie y fue al quiosco más próximo para comprar El Diario Provinciano, como todos los días a esa hora. La noticia de apertura recordaba con titulares rojos que se celebraba el Día Internacional de las Crisis Humanitarias. Dudó un momento, se mordió el labio, miró a ambos lados de la calle. Marcó el número de su psicólogo en el teléfono móvil y mantuvo una conversación breve. Sí, el psicólogo le recomendaba ser solidario. Moderadamente solidario. El especialista le facilitó el nombre y la dirección de la organización no gubernamental más indicada para esos casos. Estaba de suerte. La organización mantenía abierta una sucursal que no quedaba lejos. Podría resolver el asunto en un momento y estar de vuelta en su puesto antes de agotar los nueve minutos que le correspondían para el desayuno.

Al llegar a donde le habían indicado observó con satisfacción que no se trataba de una oficina: la organización tenía abierta al público una tienda humanitaria no gubernamental de comercio justo y solidario. Rápidamente localizó lo que buscaba: el paquete de medidas urgentes. Era una caja rectangular y chata, del mismo tamaño que una guía ilustrada de restaurantes parisinos de *nouvelle cuisine* que había comprado la semana anterior. La caja estaba plastificada en amarillo chillón. Pensó que contendría galletas deshidratadas o sémola, o alguna de esas cosas que le gustan a los pobres. Pagó el precio que estaba marcado y pidió las instrucciones. El dependiente, con la típica barba rala y la coleta enmarañada de rigor, le alargó una fotocopia de papel reciclado.

—Son diez euros más.

—¿Por este papel? —Preguntó, asombrado.

—Sí. Los fondos obtenidos por la venta de las instrucciones del paquete de medidas urgentes, fotocopiadas en papel reciclado y blanqueado sin cloro, serán destinados íntegramente a la adquisición de un nuevo equipo de música cuadrafónico digital que se instalará en la sala de meditación de nuestro presidente, sita en nuestra sede central, en la granja ecológica de Montecarmelo.

—Ah, ah, siendo así, por supuesto, contribuyo con la causa —dijo, y sacó de la cartera los diez euros, que depositó con una sonora palmada sobre el mostrador de madera procedente de árboles repoblados en cultivos biológicos gestionados por una cooperativa de peones forestales que cumplen una jornada laboral de treinta y cinco horas.

Salió de la sucursal humanitaria con el paquete de medidas urgentes bajo el brazo y empezó a sentirse mejor. Las propias instrucciones lo decían en el primer párrafo:

«Ha adquirido el paquete de medidas urgentes y eso le hace mejor persona, le hace solidario con el Tercer Mundo, le implica de lleno en el sentimiento de filantropía que tanto necesita el planeta Tierra».

Las instrucciones constaban de pocas líneas más. Había que salir de la tienda, girar a la izquierda, seguir por el callejón lateral y llegar al puente. Siguió las indicaciones al pie de la letra y encontró enseguida la bonita instalación. Junto a uno de los pilares del puente, en la margen del barranco, los especialistas de Atrezistas Sin

Fronteras, que colaboraban con la iniciativa durante el Día Internacional de las Crisis Humanitarias, habían recreado un paisaje afgano: rocas secas, polvo, dunas raquíticas a medio formar y viento racheado bajo un sol implacable. Abajo, entre la suciedad, algunos niños morenos y una mujer cubierta con ropajes oscuros de la cabeza a los pies alzaban los brazos y gritaban algo incomprensible. Les lanzó el paquete amarillo. Fue a parar a las manos de la mujer, que se lo entregó a los niños y volvió a alzar los brazos, pero esta vez para agitarlos en dirección al solidario y darse golpes en el pecho a la vez que inclinaba la cabeza con agradecimiento.

Tuvo que reconocer que su contribución solidaria para acabar con el hambre en el Tercer Mundo le produzco una satisfacción mayor a la esperada. Habían sido veinticinco euros bien empleados.

Debía volver al subterráneo. Lástima que no le diera tiempo para desayunar. Se dijo que escribiría una carta anónima y la echaría al buzón de sugerencias de la organización, para que el año siguiente lograran abreviar el acto solidario y así hacerlo compatible con el café.

## UNA LLAMADA NOCTURNA

—Eh, me está mirando, eh, eh, que me está mirando —me farfulló El Fula en la oreja, por la espalda, mientras me daba tironcitos de la manga.

Le aflojé un buen codazo en la boca del estómago para que dejara de babearme en la nuca. Ni siquiera giré la cabeza para ver qué quería. No me apetecía armarla otra vez en medio de la gente. Pero noté cómo se le cortó la respiración con el golpe. Le había dado en buen sitio. No se quejaba, sin embargo. El Fula creía que era un tipo duro.

Ver gente en la calle me alegraba, me excitaba. No, no me alegraba. Sólo me excitaba. No había nada que me alegrara. Eso es: todas las cosas que me alegraban antes habían dejado de alegrarme. O habían desaparecido todas las cosas que me alegraban. Es la pega que tenía la cárcel.

—¡Me cago en la hostia bendita! ¡Me cago en todo el santoral! —Grité a voz en cuello.

Me cabreaba mucho que la coca me hiciera pensar. Así que le largué otro codazo a El Fula, pero cayó en vacío porque el tipo se retiró a tiempo. Tampoco era tan tonto. Los chicos, junto a nosotros, caminaban de prisa con las manos a la espalda, sin perder de vista ningún movimiento con esos ojillos de animal salvaje.

La noche de la Costa Polvoranca estaba en su mejor momento. Aunque de repente noté que había demasiada gente en medio de la calle. Me di cuenta de que si no caminábamos hacia un sitio más despejado, iba a empezar en seguida a soltarle patadas a todo el mundo.

Pero en el fondo, aquello me daba risa: El Fula había pasado media noche catando la coca, aullando por la ventanilla del coche y contando chistes viejos. Así durante todo el trayecto, y ahora que habíamos llegado a la Costa, lo miraba una chica y se hacía el tímido.

Desde la distancia que nos separaba la observé descaradamente sin dejar de caminar hacia el otro lado de la calle. Aquella niña menuda que me sostenía la mirada fijamente, como un gato que está a punto de escabullirse, permanecía de pie junto a un contenedor de basura. Iba de blanco y llevaba la cabeza rapada. La miré a los pies porque por unos segundos me pareció que levitaba sobre los restos de basura que cubrían la acera.

—Paranoias tuyas. Céntrate —murmuré para mí.

—¿Eh? —Preguntó uno de los chicos, que caminaba muy cerca, tras de mí, cubriéndome las espaldas.

—Nada —respondí.

Volví a mirarla de la cabeza a los pies. Estaba descalza. Había algo demasiado perfecto en la blancura de sus ropas, que no dejaban de ser unos trapos miserables. Ella me aguantaba de nuevo la mirada y yo estaba seguro de verla levitar, y trataba de calmarme un poco y de pestañear y de aclarar la vista mientras intentaba pensar en algo lógico, pero ese algo se perdía bajo varias capas de polvo colombiano acelerado.

Finalmente paré en seco para regresar e ir a ver aquello de cerca. Por mi madre que no iba a quedarme con la duda de si levitaba o sólo intentaba burlarse de unos pobres ciudadanos contribuyentes como nosotros. Fue entonces cuando habló El Fula:

—Eh, tío, El Rumano este de los cojones le ha cambiado el nombre al garito. Le ha cambiado el nombre. Casi no encuentro el sitio, con tanta gente. Por fin. Ya huelo la pasta. Puedo oler la billetada que nos va a soltar El Rumano. Deberíamos abrirnos paso con la recortada. Si no, no vamos a llegar nunca. Trae para acá el instrumento, niño.

Miré la fachada. Sí, los neones eran ahora más grandes y más rojos que la última vez que vine a ver al Rumano. Me acordé de que en aquella ocasión quería comprarle algo. Ahora me tocaba vender. Un ritmo de música electrónica retumbaba en el interior de aquella nave industrial convertida en discoteca.

El Fula sostenía la recortada en la mano pero la mantenía baja, pegada a la pierna. Se acercó a la entrada y nadie se dio cuenta de aquello. Los chicos nos abrieron las puertas. Salió de dentro una nube turbia de vaho impregnada de alcohol, humo y sudor joven, martilleada por los decibelios de un latido brutal. La vista desde el umbral tenía algo de extraño. La niñata del contenedor de basura había logrado levitar en silencio, en soledad, y los cientos de tipos que se habían juntado allí dentro parecían una manada de histéricos que daban saltitos repetitivos para permanecer flotando en el aire con la ayuda del delirio electrónico. Si miraba atrás, sólo podía ver una esquina abandonada. Ella había volado. Al observar el interior de la nave, a la altura donde se condensaba la nube de humo, veía un manto irregular de cabecitas saltarinas que parecían bullir en una caldera enorme, abierta. Una ebullición extática. E inútil.

—¿Qué pasa? —Me dijo El Fula, tirándome de la manga—. Vamos de una vez.

La oficina del Rumano estaba al fondo. Atravesamos la pista de baile y vi que El Fula no había guardado el arma. Nadie lo advirtió.

Sabía quién era el guardián que estaba ante aquella puerta cerrada con el cartel de «privado». Todos sabíamos quién era aquél, cómo se las gastaba y por qué El Fula se adelantó, le dio las buenas noches con unas maneras muy ceremoniosas, le avisó de nuestra presencia y le entregó la recortada.

Menos mal que lo hizo bien. No estaba tan loco, el hijoputa, pensé.

De todas maneras el tipo nos hizo pasar a El Fula y a mí a una especie de antesala del tamaño de una cabina de teléfonos, donde nos cacheó. Estaba capitonada de terciopelo granate desde el suelo hasta el techo. Parecía un ataúd insonorizado de tamaño familiar. Era acogedora. A los chicos, ni los miró. Ellos entendieron enseguida que no estaban invitados a la reunión con El Rumano. No habían obtenido acreditación para asistir a la cumbre. En realidad, estaban acostumbrados a quedarse fuera de todos lados.

Y nos abrió la puerta del despacho. El Rumano se había instalado allí de manera que pudiera aparecer como un emperador ante sus súbditos. La puerta que nos habían franqueado daba a una escalera de mármol de cinco peldaños, por la que El Rumano, sentado tras su ridícula mesa, veía subir a todos los que venían a negociar con él. A su vez, la mesa de despacho estaba colocada sobre una tarima. Todo estaba pensado para que uno nunca alcanzara su nivel.

—Buenas noches, Rumano.

—¿Qué quieres?

A un lado, un gran ventanal trucado (él veía, pero desde fuera no lo veían) le ofrecía una panorámica de la barra y de la pista de baile. Los cuerpos seguían bullendo en aquella caldera cuadrada.

El Fula sacó el paquete del interior de la chaqueta mientras explicaba que queríamos venderlo. Yo observaba los gestos cautos de El Rumano, que asentía con aire calculador y apoyaba los codos en la mesa para luego juntar las yemas de los dedos de ambas manos, como un director general. Al tiempo me daba cuenta de que no había cambiado la decoración del despacho, como había pensado antes. Había añadido algunos elementos. Algunos no, muchos. Una pared estaba forrada de moqueta roja. Otra, aplacada de mármol verde. ¿Por qué? Buena pregunta. Quizá por el contraste de las texturas.

El Rumano no hacía otra cosa que acumular. Acumulaba cuadros recargados. Lámparas con tulipa cara y pie de plata. Concubinas de lujo. Negocios tapadera. Infartos de cocainómano. Millones en las Islas Caimán. Kilos. La última vez que lo vi pensé que le quedaba poco para reventar de una vez. La cabeza, una enorme albóndiga pelona y enrojecida con las orejillas carnosas pegadas al cráneo, estaba posada directamente, sin cuello, sobre un cuerpo hinchado como un globo de carne sebosa.

El Fula tendía al Rumano el medio kilo mientras notaba cómo un escalofrío me atenazaba la nuca: la niña descalza estaba abajo, entre la muchedumbre, y yo la veía por el ventanal. Cuando logré centrarme de nuevo en el negocio, El Rumano me miraba fijamente mientras se metía una raya de muestra. Suspiró. Miró por encima de nuestras cabezas. Parpadeó una, dos veces. Era un auténtico sumiller.

—Bien —dijo—. Bien, bien.

El Fula no pudo reprimir una carcajada impaciente.

—Te dijimos que era buena... —comencé.

—Un momento —cortó El Rumano.

Se levantó y desapareció con el paquete por una puerta pequeña de la pared del fondo, una puerta que no había visto entre dos leopardos de porcelana y un macetero dorado.

—Prepara los bolsillos, coleguita, prepárate a recibir la billetada del siglo, ¿eh?, je, je, je... —susurraba El Fula, babeando.

—Esto no me gusta, Fula.

—¿Serás maricón? ¿Qué te pasa?

—Que esto no me gusta nada.

—Nos vamos a forrar. Cállate. No la cagues. No vayas a cagarla ahora. Cállate.

—El Rumano este de los cojones nos va a joder bien. ¿Por qué no tiene pasta aquí?

—¿Eh?

—Aquí, en el despacho. Siempre tiene pasta en su mesa. ¿Por qué ha ido a otro lado?

—A buscar billetes.

—Seguro que no.

—¿Cómo que no? Cállate ya.

—Ha ido a llamar a sus conseguidores a ver a quién le ha desaparecido medio kilo puro. Porque ha pensado que medio kilo sin adulterar no puede caer en manos de alguien como nosotros por la cara. Nos va a joder. ¿De quién cojones es el coche que cogimos?

—¡Y yo qué sé! ¡Está de viaje!

—¡Corre, Fula! ¡Por tu madre!

Bajamos de un salto los cinco peldaños (casi me rompo la cabeza al tropezar con una escultura esmaltada en negro), atravesamos el ataúd insonorizado, derribamos al guardaespaldas y salimos como un tiro de allí, al codazo limpio por entre la muchedumbre.

A nuestras espaldas, un grito de mujer joven se cagó en mi madre.

## LA·FERIA DE PEKÍN (IV)

El uso de la corbata hipobárica se extendió tanto entre las clases dirigentes que el mundo comenzó a pensar de forma distinta. Las masas temblaban emocionadas cuando un ministro subía al estrado con aire desafiante, con el cerebro muy esclarecido (su riego optimado se notaba en la mirada nerviosa), tiraba de las anillas de su cinturón retráctil, se metía la mano en la entrepierna y sacaba el discurso, doblado en ocho, de alguno de los bolsillos de sus elegantes calzoncillos de seda.

Esas cabezas bien irrigadas fomentaron a lo largo y ancho del mundo las ferias internacionales de inventos.

# EL ESPEJO

Salimos Andrea y yo de su taller de restauración trabajosamente cargados con el espejo. Despacio, ¿lo tienes bien cogido?, cuidado con el escalón, un paso más. El espejo miró al sol y lanzó su rayo fugaz como una espada dorada contra las ventanas de la casa de enfrente.

Cuando te veo por la calle pienso, con el corazón confuso, en lo ridícula que es esta situación. Hace años que quiero saber qué haces, quién te acompaña, qué te hace reír y qué te hiere, cómo es tu voz, tu llanto.

Otro paso, ojo con el borde de la acera, apóyalo bien. El espejo, con hambre de muchas semanas apoyado contra la pared del almacén, devora ansioso el cielo azul de media tarde igual que un preso respira la brisa del amanecer al salir a la calle. Mientras lo giramos para que quepa por la puerta trasera del coche, se traga el reflejo de nuestros brazos tensos y las manos sudorosas que lo atenazan para que no se quiebre con el peso. Lo colocamos boca arriba en el vientre acristalado de mi coche y la melena rubia de Andrea se asoma un instante mientras yo lo calzo por debajo, para que quede mirando a las lejanas nubes. Veía una ancha franja de cielo primaveral, limitada a ambos lados por el cemento descolorido de los edificios del barrio. Antenas precarias y altillos de improvisadas celosías, techos de cinc.

Cuando te vi por primera vez, sentada en aquel banco, con la carpeta en el regazo, ajena a la algarabía del patio del instituto, me

111

pregunté dónde habías estado: tenías los gestos serenos de quien se sabe de nuevo en casa tras un viaje largo por tierras lejanas. Levantaste la vista, aún siento los alfileres en el vientre cuando lo recuerdo.

Me fascina la capacidad de Andrea para encontrar la belleza en los rincones más mustios, para alumbrar con afilados trozos de espejo las esquinas de una casa triste y vestirla de color. Pasa por el espejo la sombra de los chicos del barrio, que con el balón bajo el brazo van calle abajo por la estrecha acera, camino del destartalado polideportivo. Colocamos a duras penas una toalla que cubriera las aristas del marco de caoba, que empieza a despedir ese olor acogedor a cera reciente. Sigo un rato hablando en voz baja con Andrea, sumergidos en el sopor silencioso de la tarde, sin ganas de regresar a la ciudad, a pesar de que un mensaje de mi secretaria en el buscapersonas me recordaba la cita en la oficina del puerto.

Y tus ojos amielados me atravesaron como un suspiro cálido. Respondías a mi llamada silenciosa, y en tu mirada había un interrogante lejano que casi era sonrisa.

El sol calentaba el marco del espejo, que tenía el tacto de la piel joven y oscura. Me despedí de Andrea, con pereza resignada, cuídate mucho, nos veremos la semana que viene, ¿no?, arranqué el coche y en la primera curva el espejo, inquieto y curioso, se rodó hacia un lado para asomarse a la ventana trasera y ver pasar los brillos del metal gris de las farolas y las chatas copas de los jacarandás floridos. En lo profundo del azul, las nubes inofensivas se asomaban y resbalaban hacia el extremo del cristal hasta desaparecer.

Me había quedado allí de pie, con la odiosa sensación de querer huir y querer quedarme, y estaba en un incómodo lugar de paso sosteniéndote la mirada, demasiado lejos para un «hola, qué tal», y demasiado cerca para pretender no haber oído tu pregunta nunca formulada. Y allí seguías serenamente sentada clavándome la mirada, no sabía si era insolencia, desafío, burla, dios mío, ¿será interés?, ambas manos delgadas y morenas sobre la carpeta. Aturdido, conmovido, me encogí de hombros como para zanjar el asunto. O para responderte. Sé que me entendiste.

Al entrar en el garaje subterráneo de la oficina, el espejo se cegó lleno de tristeza y enmudeció de oscuridad. Arriba, en mi despacho de la quinta planta, me esperaba el expediente que tenía que llevar al puerto, pulcramente ordenado por la secretaria.

Por fin se adivinaba el verano a la vuelta de la esquina, como una promesa dulce tras el mal trago de los exámenes de la última evaluación. Todos hablábamos de hacer tal o cual viaje a La Gomera, a Fuerteventura, ¡a Madrid!, sabiendo que al final íbamos a coincidir en la misma playa de siempre, a pocos kilómetros del barrio, pero ahora sin nuestros padres, que eran unos plastas, y ya nos sabíamos mover en autobús nosotros solitos. Era una mañana calurosa de mayo, estaba al pie de la escalera del instituto apuntando en un papel arrugado y urgente las fechas de los exámenes, y de la nada vaporosa apareciste tú. Muerto de miedo pegué los ojos a la pared llena de carteles mientras tú, a mi espalda, comenzabas a subir la escalera. Un ruidito me hizo girar la cabeza: se te había caído un lápiz, y tú seguías como si nada. Lo cogí rápidamente y te lo tendí. Te iba a decir algo, llamarte sin saber tu nombre, cuando justo te volviste y lo recogiste sin decir nada, sólo rozando un instante con tu índice la palma de mi mano. Tu sonrisa de agradecimiento permanece en mi memoria hasta hoy como un instante mudo de belleza misteriosa.

«Junta Provincial de Tráfico Marítimo. Enlace: D. Carmelo Vázquez Moreno, gerente. Cita hoy a las 16,30. ¡Suerte!». Así me animaba mi secretaria en la nota que había colocado bien visible sobre el legajo. Recogí el material, y pocos minutos después me hallaba carretera abajo, camino del muelle. El espejo, sonriente, se estiraba entre brillos y reflejos del sol para tragarse los árboles veloces de la carretera y las curvas de setos floridos. Las nubes se disolvían en la distancia, y las camisetas abigarradas de los ciclistas pasaban por el cristal como cuadros vivos y fugaces.

Un día, alguien te llamó desde el extremo del pasillo: «¡No te olvides de los apuntes!». Te volviste —tu cabellera negra en una ola brillante— y te observé desde el umbral del laboratorio de ciencias, donde me había encajado para verte pasar sin que me vieras. Pero te diste cuenta, creo que me sonreíste, y por fin oí tu voz.

Vázquez, el gerente, me esperaba a las puertas de la oficina del muelle alisándose la pelusa que le cubre la calva, y me dije que era buena señal que me recibiera en la puerta, mientras el espejo se estremecía alegre por un bache, que hizo temblar en su interior las grúas grises y los fardos de lona protegidos por la sombra de los galpones. Cuando aparqué, se quedó mirando fijamente a un cargamento de ladrillos que descansaba bajo un cobertizo.

Cuando el profesor divagaba entre revoluciones francesas y absolutismos, abría el cuaderno por la última página en blanco y evocaba tu caricia milimétrica, tu sonrisa sin palabras y tus ojos castaños y elocuentes, tal como la evoco hoy, sentado en mi sillón de director general, cuando algo no marcha en la empresa.

El gerente del puerto mostró bastante interés por nuestra oferta. Por los informes que tengo, dudo de que la competencia esté en situación de superarnos. Si el gabinete jurídico no encuentra inconvenientes, firmaremos el contrato antes del viernes, para empezar a operar con plenas garantías a principios del próximo mes. Antes de regresar a la oficina moví el espejo, que estaba incómodo contra un saliente del coche. Me miró agradecido y le piqué un ojo. Vuelta a la ciudad. El espejo iba tragando silenciosamente señales de tráfico y semáforos en rojo, que permanecían inmóviles durante irritantes minutos en su vientre. Temblaba, oxidada y terrosa, la caja de un camión, que al desaparecer daba paso a una moto pequeña que se adivinaba por los colorines del casco en el cristal. En una bocacalle el espejo te vio. Estabas esperando para cruzar, captó tu pelo liso y negro, ahora más corto, tu sonrisa, mi boca apretada de susto. Giré el volante y seguí, porque el semáforo estaba en verde, y no podía llegar tarde a la reunión semanal con el director del departamento de Comercialización.

## LA DECISIÓN HIPOBÁRICA
## DE REMIGIO GUERRA FERNÁNDEZ

—¿Puedo ayudarle en algo, joven? —Me preguntó aquel ceremonioso chino, que, de pie frente a mí, me sonreía con una leve reverencia. La voz nasal de aquel hombre quebró la burbuja de mi ensimismamiento y fue entonces cuando me di cuenta de que debía llevar allí de pie un buen rato, parado sobre la moqueta de uno de los innumerables pasillos del palacio de ferias y congresos sin decidirme a dar un paso adelante. El hilo musical regresó a mi oído con su melodía lejana y cursi mientras volvía en mí. Miré hacia arriba. Los focos ubicuos y potentes del recinto vertían su luz sobre las docenas de pabellones, puestos e instalaciones donde se exponían los inventos más vanguardistas del mundo. Por fin centré la vista en el rostro redondo y lampiño del anciano chino, que esperaba ante mí con los oídos bien abiertos. Hice acopio de fuerzas, carraspeé y le respondí:

—Me llamo Remigio Guerra Fernández, nací en Beléndiz-Gernika, vivo en Sevilla, tengo mujer y dos hijas, y toda la vida he sido corresponsal de prensa. Me dirijo a ustedes desde el palacio de ferias y congresos de Pekín. Señoras y señores, quiero comunicarles que he visto la luz.

—¡Vaya! —Exclamó el viejo. ¿Habla conmigo, o cree que está ante una cámara de televisión?

Sé que mi respuesta fue confusa, aunque no me acuerdo de todo lo que dije. Sí puedo recordar el rostro del chino, que expresó sorpresa y luego dibujó una sonrisa pícara para, instantes después, hacerme repetir mi lugar de nacimiento.

—¿De dónde ha dicho que es usted, joven?

—De Beléndiz-Gernika.

Recuerdo de forma vívida el apretón de manos que me dio, porque era la mano cálida y sin asperezas de un doctor o de un monje, de alguien en quien se puede confiar porque convive con las verdades trascendentes y posee las respuestas que miles de personas van a buscar a Pekín todos los años.

—Permítame que le invite a pasar a mi modesto pabellón, señor Guerra.

Seguí al anciano, que me introdujo en su instalación, frente a la cual yo había permanecido, sin verla, durante el rato que duró mi revelación interior. El viejo había hecho tapizar paredes y techo con terciopelo negro. Reconocí la moqueta, también negra, del pabellón: pertenecía a una gama ignífuga e insonora presentada por un laboratorio lituano en una edición anterior de la feria.

Tenía expuesto el material. Los cientos de brillantes frascos de cápsulas y comprimidos parecían flotar en aquel ambiente oscurecido e irreal; parecían levitar sobre sus peanas forradas de terciopelo negro. Comenzó a hablar con frases acartonadas, frases de vendedor clásico, y su voz, que antes me pareció nasal, resonó ahora con una nitidez cautivadora. Creo que enumeraba las indicaciones de las pastillas que contenía aquel bote que sostenía en la mano izquierda, pero no le hacía demasiado caso porque sentía una relajación benigna y definitiva en las cervicales, algo que no experimentaba desde hacía muchos años, una suerte de bendición muscular en forma de anestesia invisible. Giré el cuello a ambos lados y contemplé uno por uno los frascos de pastillas, de mayor a menor. Parecían los protagonistas abigarrados y mudos de un teatro negro checo.

Podemos decir que, dentro del mundillo desquiciado del periodismo, la última etapa de mi vida profesional ha discurrido con tranquilidad. El que era hasta hace muy poco mi periódico, El Diario Provinciano, me ha enviado en los últimos tiempos a suficientes conferencias internacionales y cumbres multilaterales como para saber quién es quién y, lo que es más importante, para saber por dónde piso.

Al principio me preguntaba si El Diario Provinciano cometía una imprudencia al mandar a un redactor raso como yo a cubrir acontecimientos internacionales de primera plana, pero con el tiempo me di cuenta de que el director no era tonto: valoraba más mi resistencia gástrica a las dietas más diversas, tanto asiáticas como, por ejemplo, sudafricanas, que mi criterio al titular una crónica o a la hora de elegir las preguntas que debía formular a un ministro sudanés. Sí, he nacido con un estómago audaz que no tiembla ante la mayonesa recalentada de un puesto callejero ni ante el picante hindú más corrosivo. Se había corrido la voz a ese respecto, y el director intuyó que, si me mandaba a miles de kilómetros para informar de algo, no dejaría de remitirle el texto por culpa de una diarrea inoportuna. No se equivocaba. En cuestión de esfínteres he sido siempre muy disciplinado.

Se preguntarán por qué les cuento mi vida, por qué les hablo de mis esfínteres blindados, y qué tienen éstos que ver con un puesto tapizado de terciopelo negro en la Feria Internacional de Inventos de Pekín. Hacía poco rato que había empezado a saborear la libertad y notaba en ese momento dentro de mí la efervescencia de una euforia que tenía que expresar. ¿Debía participar de aquella revelación interior al primero que pasara? ¿El anciano chino sabría comprenderme? Sentía una bendita amnistía muscular en las cervicales, la amnistía con la que había soñado de manera recurrente en los últimos años. Se me había aparecido algo y tenía que contarlo. Las palabras se me agolpaban en la garganta, pero antes de comenzar a hablar, toda la palabrería me parecía inútil, se me antojaba hueca. Y callaba.

Siempre se ha asumido que a San Áspide, al vigésimo día de travesía por el desierto del Gobi, se le apareció Judas y le ordenó, blandiendo una guadaña ardiente: «No lo hagas, hermano». San

Áspide no lo hizo y así aquella historia acabó de la manera feliz y jubilosa que todos conocemos.

Pues bien, a mí se me había aparecido algo, no alguien; ni Judas ni nadie. Se me había aparecido (ante mí, quizá dentro de mí) un sentimiento desencadenador. Y no sabía cómo liberar su fuerza tremenda.

Hacía diez minutos que llevaba puesta la corbata hipobárica que me regaló el agregado cultural de la embajada búlgara en Marruecos y comenzaba a adquirir una nueva perspectiva de las cosas y de mi propia circunstancia. Sí, empezaba a intuir el sentido de todo esto. Los años de viajes y los lustros ejerciendo de juntaletras en El Diario Provinciano no habían sido en balde, sino que habían formado el enorme armazón de síntomas del renacimiento que ahora, junto a aquel anciano chino, se manifestaba dentro de mi cuerpo.

—Eso es una corbata hipobárica, ¿verdad, joven?

—Eh... sí.

—Lo supe en cuanto le vi ahí enfrente parado.

Estábamos sentados en sendos taburetes negros el uno frente al otro. Por primera vez el anciano mostró los dientes, también negros, en una sonrisa que me pareció irreverente. Me incomodaba, y sentí la necesidad de largarme de allí para visitar la división de ingenios aeronáuticos de la Feria Internacional de Inventos. Siempre se hallan cosas interesantes en esa sección. Pero un sonido me retuvo. Del fondo de su garganta brotó una carcajada silenciosa, seca como el ruido de un mecanismo de cuerda oxidado. Sus ojillos brillantes viajaban sin descanso desde mi cara hasta el cuello de mi camisa, y vuelta a mi cara. Me crucé de brazos para disimular el temblor de las manos y quise preguntarle entonces qué quería, pero todas aquellas palabras que me parecían huecas e inútiles salieron de mi boca como un borbotón desordenado y vi cómo revolotearon, multicolores y casi irreconocibles en el aire enrarecido, y fueron a engancharse en los pelillos canos de las orejas del viejo, a rebotar contra los tabiques de terciopelo negro, a enredarse por entre los botes de cápsulas y a resbalar por el fuste de aquellos pedestales cilíndricos.

No sé cuánto tiempo pasó hasta que me quedé sin voz. Pero ocurrió. Quedé afónico, no sin antes responder a una pregunta del chino:

—¿Conoce a Manuel Leguineche?

—Hombre... conocerlo...

—¿Lo conoce o no lo conoce?

—Sé quién es, claro. Soy juntaletras. ¿Qué juntaletras español que se precie no lo conoce?

—Ya puede. Es de su pueblo. Conocí a Manuel Leguineche hace más de treinta años en Bangkok. Trabajamos juntos una temporada.

La conversación cambió de tono tan bruscamente que me sentí como en el bar de mi barrio, tomando cañas y compartiendo confidencias con mi mejor amigo. Míster Kuang, el anciano chino de dientes podridos, era mi mejor amigo. Al rato dijo:

—Está contratado. Empezamos el lunes, en cuanto termine la feria.

Volvió a estrecharme la mano, y esta vez el tacto era frío.

# LA GUADAÑA

Los cipreses de este cementerio me recuerdan el primer encargo de Figueras, hace tres años y un mes. Aquella mansión rodeada de cipreses era de alguien que le había intentado engañar. «Entra —me dijo— , aquí tienes una llave. En el salón, frente a la tele, estará él. Ella a esa hora está leyendo en la biblioteca. Despáchalos, pero no canceles a Rufo, el perro. Tampoco toques a los niños». Lo hice al pie de la letra, y a partir de entonces confió en mí. Ha sido mi único contrato fijo. Hasta entonces había trabajado por horas, al mejor postor. Tendré que volver a aquello, ahora que han matado a Figueras. Está en esa caja negra que los enterradores bajan con cuerdas al agujero donde todos miramos en silencio. Le gustará este sitio, pensé, los cipreses se mecen con la brisa gélida de la mañana, la rubia que últimamente le alegraba las noches llora tras unas gafas negras. Qué comediante. Los chicos están serios, tensos, vigilantes, y prefieren pasar inadvertidos entre la muchedumbre que atesta el lugar: clientes de la floristería, la tapadera de Figueras. Es un entierro como todos, pero hecho con mucha pasta. Duran lo mismo, pero son más elegantes.

El pañuelo que saca la rubia para secarse las lágrimas le hace juego con la falda. Se las sabe todas. Seguro que ha conseguido de Figueras suficiente pasta como para establecerse por su cuenta y nunca más necesitar revisar los extractos del banco. En cambio, para mí lo han liquidado en el peor momento, porque me debía mucho, y estoy sin blanca.

Odio las colas que siempre se forman para dar el pésame, en este caso a la madre de Figueras, su único pariente. La vieja no sabe nada: cree que los millones que le deja su hijo vienen de la venta de flores. Qué estúpida. Cuando casi me llegaba el turno para estrechar la mano callosa de la vieja, dos tíos me cogen firmemente por los codos y con disimulo me acercan algo duro y frío a la espalda. Una pistola. Sin abrir la boca intento llamar la atención de los chicos, pero me arrastran a un coche que espera junto a la verja del cementerio con la puerta abierta y el motor en marcha, y antes de que intente nada, me tapan la boca con un pañuelo que apesta a cloroformo.

*

—No me han matado todavía —dice una voz frente a mí, mientras trato de despertar y de saber dónde estoy. El cerebro se me mueve, dolorido y viscoso, dentro del cráneo.

—No me digas, Figueras —acierto a responder.

Estamos en una habitación desnuda y sin ventanas.

—Me hice el muerto para que mamá cobrara un seguro de vida. Además, me convenía desaparecer por una temporada.

—¿Y cuando resucites? —Saliendo del mareo, trato de levantarme de la silla.

—Ya negociaré con la mutua. Me deben algún favor, esos chupatintas.

—¿Quién era el de la caja?

—Uno tan pobre que no tenía ni nombre. Ven, que tengo que hacerte un encargo —saca del bolsillo de la americana los planos de un edificio—. A las seis y cuarto entras por la puerta trasera del almacén —señala con el dedo—. Hay un montacargas. En el tercer piso, en la primera oficina de la izquierda, hay uno calvo con gafas, Mateo. Lo despachas, pero dile antes que vas de parte mía. Acompáñame, que voy a pagarte lo atrasado.

Por el pasillo llegamos a una especie de patio que linda con unas huertas abandonadas. Debemos de estar en las afueras, hay edificios a lo lejos. Allí está aparcado uno de los Mercedes de Figueras. Abre el doble fondo del maletero y saca un sobre compacto y pesado. Iba a contar los billetes cuando sonó en la lejanía un disparo de fusil, y Figueras cayó en mis brazos con la cabeza destrozada y los ojos muy abiertos, mirándome. De un salto me agazapo tras el coche y acierto a ver la nubecilla de pólvora, que se aleja de la ventana de un edificio situado a más de doscientos metros. Buena puntería, pienso. Ha sido todo un profesional. Y puedo estar tranquilo, no iba a por mí, porque si no, ya me habría cancelado. He cobrado los atrasos, y, de todas formas, nunca me gustó tener jefes. Qué fastidio, mañana otra vez al dichoso cementerio. Pero, ¿con qué nombre lo enterraremos?

# MARGARITA HIPERBÁRICA

Se estaba bien dentro del coche nuevo con el acondicionador de aire conectado, pensó Margarita. A pesar de las circunstancias, no se estaba mal. A pesar de la ausencia. A pesar del calor y del tránsito infernal que colapsaba las calles del centro de Sevilla. La ausencia. Sintió de golpe la ausencia como un vacío amargo en el pecho, como la extirpación repentina de una víscera que la dejara carente de voluntad. Sintió otra vez el brotar de las lágrimas y se desabrochó el cinturón de seguridad para poder llorar a sus anchas. Al menos eso: desmoronarse a gusto, pensó. Cuando el semáforo se puso en verde, advirtió la presencia de la guardia urbana en la bocacalle. Se colocó a toda prisa el cinturón y se secó las lágrimas con el puño de la blusa, emborronándolo de rímel. De todas maneras ya había llegado, concluyó, y no quería que sus hijas la vieran así.

Recogió a las dos niñas a las puertas del colegio. El camino de vuelta a casa era por regla general insípido, salpicado sólo por las pocas anécdotas de clase que las niñas contaban. Pero en los últimos días ese trayecto se había vuelto espeso. El aire estaba impregnado de monotonía en los atascos sevillanos. Hasta que su hija pequeña le repitió la pregunta para la que había intentado juntar durante el día las migajas de serenidad que le quedaban:

—Mamá, ¿cuándo volverá a casa papá?

La hija mayor le dio un pisotón. Margarita lo vio por el espejo interior, pero hizo como si no lo hubiera advertido.

—No lo sé —pudo responder con un hilo de voz—, no lo sé, hija.

Los minutos se prolongaron, se eternizaron durante lo que quedaba de trayecto en un férreo y tácito pacto de silencio. La llegada al piso supuso una liberación para Margarita. Respiró hondo y se encerró en el dormitorio. Pensó que su hija mayor ya sabía preparar la merienda para sí y para la pequeña, y que necesitaba descansar. Buscó un tranquilizante en la mesilla de noche. También buscó el mando a distancia del televisor, y sintonizó cualquier canal para adormecerse con las imágenes sin tener que vérselas consigo misma.

Hacía un rato que había cerrado los ojos cuando sonó el teléfono. Oyó el timbre desde la zona turbia de duermevela artificial en la que se había empantanado, y tuvo que esforzarse para alargar la mano hasta la mesilla.

—Dígame.

—¿Margarita?

—Sí.

—Eh... ¿Me puede poner con Margarita, por favor?

—Soy yo. ¿Andrés?

—Sí. ¿Eres tú? Chica, qué voz tienes. ¿Estás mala, mujer?

—Cómo quieres que esté, Andrés.

—Lo siento mucho. Estabas descansando, ¿verdad?

—Ha sido un día muy largo, Andrés. Me he recostado un rato al volver de recoger a las niñas del colegio. Es casi el único momento del día en que puedo aprovechar para descansar.

Margarita oyó de fondo voces que discutían, al otro lado del teléfono. Andrés expulsó al grupo de su despacho: «¡A ver! ¡Fuera todo el mundo un minuto, hombre, por favor, que estoy hablando con la mujer de Remigio, por favor!».

Y enseguida, con el tono de las confidencias:

—Perdona, Margarita, pero es que con esto de las reformas en la sede, tengo a los subdirectores y a los redactores jefes trabajando en mi despacho, y no hay quien se centre. Ya ves que, hoy por hoy, ser el director de El Diario Provinciano no te da derecho siquiera a una oficina propia.

El último en salir dio un portazo. Aquel golpe arisco quedó flotando unos segundos en el silencio de la línea telefónica.

—Andrés, ¿qué quieres?

Andrés tomó aire y suspiró, cuidando de apartar el auricular de la cara para que Margarita no escuchara el resoplido al otro lado. Habló al fin:

—Me ha llamado Remigio.

Margarita se incorporó de un salto. Un escalofrío húmedo le recorrió la espalda.

—¿Qué te ha dicho? ¿Dónde está?

—Se ha desplazado desde Pekín hacia el norte, a una aldea.

—¿Qué aldea? ¿Dónde?

—No me ha querido decir dónde se encuentra con exactitud. Al parecer, en la Feria Internacional de Pekín conoció a un inventor chino, una especie de farmacéutico esotérico, un sanador, por lo que pude entender, y nada más clausurarse la dichosa feria se fue con él a algún punto del norte.

—Pero ¿qué dices? ¿Para qué?

—Pues... para trabajar con él. Eso dijo Remigio. Para vender comprimidos de vitaminas en las áreas rurales de Tailandia.

—¿Qué?

—Margarita, comprendo que esta situación es más difícil para ti que para nadie más. Sólo sé lo que me dijo. La conexión telefónica estaba llena de ruidos y de interrupciones y tenía que gritarle una y otra vez que me repitiera lo que decía. Tampoco sé por qué ha tardado tantas semanas en dar señales de vida ni por qué me ha llamado a mí y no a ti. He necesitado más de una hora para ordenar las ideas y atreverme a llamarte con un mensaje medianamente congruente.

—¿Por qué...?

La voz de Margarita se quebró en un sollozo, pero Andrés supo que debía continuar.

—Quién sabe por qué —Margarita no ocultaba el llanto, y Andrés acopió ánimos para seguir—. Tu marido dice que le hace ilusión seguir los pasos de su paisano Manuel Leguineche, que en los años sesenta se enroló en Bangkok en una caravana comandada por ese viejo chino, llamado mister Kuang, para vender cápsulas de vitaminas en los pueblos del interior de Tailandia.

—No entiendo nada, Andrés. ¿Por qué me ha abandonado? ¿Qué le voy a decir a las niñas ahora?

Andrés trató de trazar mentalmente la trayectoria vital de un redactor mitad vasco y mitad sevillano, un juntaletras mediocre pero cumplidor que pasa de ser enviado especial a vendedor ambulante de panaceas al estilo de las películas del lejano oeste. Le fue imposible. Intentó redactar, también con la imaginación, el currículum actualizado de Remigio Guerra Fernández, pero una desgana infinita le invadió el ánimo cuando pensó en qué opinaría Leguineche de todo aquello.

—Margarita, ¿te encuentras bien? ¿Quieres que vaya a verte?

—No entiendo nada —dijo entre sollozos. Y colgó.

El director de El Diario Provinciano se quedó un momento con el auricular en la mano, a medio recorrido entre la cara y la mesa. Colgó al fin y puso ambas manos sobre el escritorio, con las palmas hacia arriba. No sabía por qué esa postura le relajaba. Se sentía como un buda pragmático del siglo XXI conjurando la sinergia de su equipo de subdirectores y redactores jefes. Su equipo. ¿Dónde estaban sus chicos? Se levantó, abrió la puerta del despacho y gritó a voz en cuello:

—¡Todos adentro! ¡Vamos a hacer la primera!

Todas las jornadas a esa hora se reunían para discutir los temas que ocuparían la primera plana el día siguiente. Por una vez, las tendencias estaban claras. Una pandilla de energúmenos había asesinado a bocajarro a un deficiente mental, una especie de paralítico cerebral indefenso, en mitad de la noche. Según tenían entendido, al tipo le gustaba escaparse de casa de sus padres al amanecer y pasear por las calles desiertas. No cabía discusión acerca de cuál sería la foto de primera plana. Uno de los fotógrafos becados en El Diario Provinciano había logrado varias tomas estupendas del cuerpo cubierto por una manta. De fondo, la tapia manchada con un salpicón de sangre viscosa.

Andrés recordó que su ejemplar, dedicado por el autor, de *El camino más corto*, el libro en que Manuel Leguineche relata su aventura tailandesa, se había quedado en el apartamento de su última amante. ¿Cómo recuperarlo después de aquella discusión explosiva tras la que dejaron de verse? Sí, había que rescatar aquel libro. ¿Cómo hacerlo? También, y quizá no por ese orden, debía considerar la posibilidad de recuperar a Remigio. Pero, de nuevo, ¿cómo? Y ¿para qué?

Ya vería luego si tenía tiempo de pasarse por casa de Remigio. Mejor dicho, por casa de Margarita.

# UNA CASITA EN LA PLAYA

Mi mujer y yo ahorramos durante veintiocho años y logramos así realizar nuestro sueño: vivir en una casita en la costa. Nuestros hijos y nietos nos ayudaron a mudarnos con los pocos muebles que precisábamos a aquella coqueta casa en la playa desde donde veríamos regresar los veleros de sus paseos estivales, desde cuyos ventanales contemplaríamos las puestas de sol sobre la cala; esa casita blanca y añil en cuya terraza nos adormecería el rumor de las olas en las tardes silenciosas. Visitaríamos a los vecinos a la hora del té. Ellos nos invitarían a cenar los viernes y nosotros aportaríamos jamón de bellota y alguna botella de buen crianza. Después jugaríamos a las cartas. Tomaríamos, quizá, algún licor. Hablaríamos de los nietos de unos y de otros. Invitaríamos a Huang, aquel vecino chino que vivía solo y que en sus años mozos ejerció de monitor de vuelo en varios países de Asia. Le pediríamos que nos relatase anécdotas de juventud. Los domingos por la mañana esperaríamos la llegada de los nietos. Haríamos juntos castillos de arena en la playa y les compraríamos luego vasos de granizada. Encargaríamos una paella para toda la familia.

Pero era tarde. El mar se había hartado de todos nosotros. Llegó el momento en que el océano dejó de moverse por puro hastío. El hombre había vertido tanta basura al mar durante tantos siglos que el océano se dio por vencido y de la noche a la mañana dejó apagarse las migajas de energía que le restaban para convertir-

se en una pasta viscosa y gris sin olas ni espuma. La luz de la mañana se volvió fría porque la superficie del océano dejó de reflejar los
rayos brillantes del amanecer. El sol asomaba de madrugada por el
horizonte y su luz nos parecía la linterna de un minero que vuelve a la
superficie tiznado de pies a cabeza. No es agradable sentarse junto al
ventanal de una casita en la playa para escuchar los reproches repetidos de una nata inmensa, viscosa e inerte.

Uno de nuestros vecinos era exministro del Interior, así que
el gobierno tomó cartas en el asunto sin dilación. La Dirección
General de Síntomas Alarmantes contrató pocas semanas después
varias grúas de gran tonelaje que una mañana se situaron en línea
sobre la arena de la playa. Todos nos congregamos en el pequeño
rompeolas para seguir desde allí las maniobras. Las grúas agarraron
con sus garfios la viscosa espuma de la orilla y levantaron en peso el
mar como quien levanta una gran alfombra tirando de los flecos.
Dejaron al descubierto el lecho marino, las rocas y las dunas oceánicas,
sobre las que cayeron unos pocos peces moribundos que aletearon
desesperadamente entre algas contaminadas. El hedor del fondo
marino, con sus negros sedimentos, brotó de la playa como el aliento
de un dragón postrado e invadió todos los rincones del pueblo. Los
vecinos volvimos a casa y cerramos puertas y ventanas, pero una vez
más era demasiado tarde: aquella nube infecta había impregnado
con su olor las cocinas, los colchones, las ropas del armario. Aunque, en realidad, no todos buscamos refugio. Recuerdo que Huang
permaneció en el rompeolas a pesar del hedor de las algas aplasta-
das y secas, vencidas por la gravedad y por la falta de agua, a pesar
del estertor de los peces entre las rocas y a pesar de aquel ruido
sordo, como de ola grumosa, con que el mar protestaba por aquella
manipulación impúdica. Recuerdo ver a Huang desde nuestra ventana: la figura de un hombre solitario y pensativo que parecía dirigir
la maniobra sin gestos, sin *walkie-talkie*, pero con conocimiento profundo de lo que pasaba y de todo lo que tenía que ocurrir en la
playa.

Fue en ese momento, cuando mi mujer y yo renunciamos a abrir el cristal para llamarlo a gritos, que subiera, que viniera a casa, que iba a coger algo malo, una infección, cuando ocurrió: una bandada de peces voladores levantó vuelo en el mar, a pocos metros de la orilla, dio una pasada rápida sobre los quioscos de la playa, revoloteó nerviosamente sobre el rompeolas y cogió rumbo hacia alta mar. Nos quedamos pasmados, porque nunca habíamos oído que en esta parte del país hubiera peces voladores, pero me pareció que Huang sonreía como si hubiera aguardado el suceso desde la llegada de los técnicos de la Dirección General de Síntomas Alarmantes. Asintió con la cabeza, como si diera la razón a un interlocutor invisible. Aún permaneció un rato a pie de playa y más tarde regresó a su apartamento.

Cuando nos reunimos aquella noche, el peso de las escenas vividas durante la mañana aún era demasiado grande como para permitirnos disimular una mezcla de ansiedad, asco y vergüenza. Nadie quería hablar de aquello, nadie quería pensar en qué íbamos a hacer a continuación.

Huang nos relató que había mantenido esa misma tarde una larga conferencia telefónica con un antiguo amigo, un inventor de Shangai. Su colega poseía varias patentes de electrodomésticos y objetos de uso cotidiano. Cuando el piloto chino enumeró aquellos aparatos, con grandes aspavientos y descripciones detalladas, todos menos él advertimos en silencio que su utilidad en la cocina occidental era nula, y por eso nos parecieron trastos inútiles. ¿A qué venía aquella perorata de Huang? ¿No nos veía cariacontecidos? ¿No se daba cuenta de lo que había ocurrido?

Mi esposa apenas probó el pato a la naranja. Me confesó luego, en la penumbra de nuestro dormitorio, que aquel olor putrefacto que pesaba sobre el pueblo le había arrebatado el apetito.

# ESCRITO EN UNA SERVILLETA

*Domingo*

Querido diario:

No me acostumbro a comenzar una página en blanco sin este encabezamiento, este «querido diario», esta cursilada colegial en la que me refugio cuando quiero contarte algo, mejor dicho, cuando quiero llorar mis penas, cuando quiero quejarme. Me siento débil. Estoy resacada. No me decido a quitarme el camisón y no me apetece más que tumbarme en el sofá para ver cómo pasan las horas del mediodía.

Querido diario: anoche sentí cómo la rabia de unos celos feroces me atenazaba la garganta cuando apareció en la puerta del restaurante Elisa, la muy zorra, y Juan Carlos, al verla, se levantó de nuestra mesa de un salto, retirando bruscamente la mano que me acariciaba el muslo, y corrió como un cachorro a darle dos besos muy cerquita de los labios para después quitarle con los dedos el flequillo que le caía sobre los ojos y sonreírle con esa expresión bobalicona.

Bebí mucho, a golpes, y él ¿pero qué te pasa, cari, que estás tan callada?, y yo pensaba pobre gilipollas, cree que no me entero de nada, pero los celos feroces que me agriaban la garganta sólo me dejaban pronunciar la última palabra: nada, nada, nada. De vuelta a casa, el acto de amor me supo a ejercicio mecánico, a insípida tabla de gimnasia. Cuando culminó, adiviné en sus ojos que estaba pensando en otra cosa.

Hablemos claro, querido diario: pensaba en aquel putón ordinario de tacón granate y risa escandalosa.

*Lunes*

Me vestí, cerré las persianas (siempre cierro las persianas que hemos abierto por la noche para que Marta, que queda en casa durmiendo, no se despierte con el ruido que hace el tráfico de la mañana) y bajé a la cafetería. El encargado y dos peones de la obra de al lado ya estaban allí pegados a la barra, callados, tomando café y mirando hacia fuera con ojos vacíos, contemplando la estructura incipiente del edificio. Calculaban quizá el trabajo que les quedaba por delante. Ramón trajinaba tras el mostrador.

—Buenos días, Ramón.

—Son las ocho menos cuarto, Juan Jesús. ¿Qué tal?

Siempre hacía lo mismo. ¿Por qué me decía la hora si no se la había preguntado? ¿Cómo sabía la hora exacta si no había mirado el reloj? ¿Sería que siempre me tomaba el café a la misma hora, sería que mi llegada marcaba las ocho menos cuarto? ¿Era yo un reloj viviente, un punto de referencia para Ramón? ¿Cómo era capaz mi cerebro de hacerse cuatro preguntas seguidas a esas horas de la mañana y en ayunas, en el puñado de segundos que transcurren entre su «qué tal» y mi orden de todos los días, «pónme un café solo»?

—Un café solo —dijo.

También entraba dentro de los esquemas laborales de Ramón repetir al cliente lo que éste había pedido en vez de decir, por ejemplo, «vale» o «en seguida». ¿Qué le costaba un «vale»? Era esta, para mi gusto, una cuestión de ahorro de saliva que nunca se había planteado Ramón. Un día iba a pedir la carta para encargar el plato combinado que llevara el nombre más largo de todos. A ver si entonces lo repetía. Sí, estaba claro que Ramón no se había planteado esa cuestión de ahorro energético. Y yo iba a sacarlo de su error. Algún día lo haría, sí.

Al salir del zaguán, la primera bocanada de brisa mañanera me había electrizado los pulmones de optimismo y creía que todo se iba a arreglar y que el enorme esfuerzo, la travesía del desierto sin cantimplora, me compensaría y que al final Dios existía y su misericordia era infinita y Jesús es su mano derecha y los curas jamás se tiran a los monaguillos y tal y cual, aleluya. Valía la pena, pensé, apuntar estos pensamientos edificantes de mi período de recuperación, y por eso cogí una servilleta y saqué del bolsillo un bolígrafo, con la esperanza de distraer el gusanillo que vivía en mi interior y que me contagiaba a las manos un temblor, ese viejo temblor que tan bien conocía.

—Un café solo para el amigo Juan Jesús —dijo Ramón al poner la taza en el mostrador ante mí.

—Gracias, Ramón. Son las ocho menos diez, Ramón.

—No te fíes de ese reloj —replicó, tras espantar unas mocas, secar el mostrador con la bayeta y usarla para sonarse con un resoplido vigoroso. Señaló el reloj de la pared—. Atrasa. Ya son las ocho menos cinco.

Era imposible que hubieran pasado diez minutos, porque los aleluyas no duran tanto siquiera en las películas de Semana Santa, pero no quería discutir cuestiones de relojes con Ramón. Discutir acerca del tiempo era una pérdida... de tiempo. Qué hallazgo poético. También debía apuntar eso.

Además, se había equivocado. Ramón suponía que me fijaba en el reloj del bar, pero lo que observaba era la fila de botellas que reposaban en la estantería, junto a la cafetera. Desvié la vista. Intenté pensar en otra cosa. El tiempo, los relojes, los péndulos... Tomé un sorbo de café y posé la punta del bolígrafo sobre el papel. Las manos me temblaban. Las primeras palabras que vi escritas en aquella servilleta me provocaron una especie de sorpresa o aprensión porque no reconocí la letra, mi letra, y fue entonces cuando recordé un reportaje que dieron en la tele sobre no sé qué deficiencia mental.

—Un ron miel, Ramón.

—Un ron miel.

—Sí. Un ron miel.

Me lo tomé de un golpe y el calor, ese calor añejo y amigo, bajó desde la garganta hasta el centro del pecho, luego al cielo de la boca, con la espiración (lo que yo llamo el rebote etílico-místico) y a todo el cuerpo después. Y las manos dejaron de temblar. Síntomas de mierda. Pensé que no hay nada que no cure un ron mañanero. El médico no iba a tener toda la razón. Es un humano, como yo. No estoy alcoholizado. ¿Qué sabrá él? Me puedo mantener bien así, sé que puedo controlarlo, y al final Dios no existe ni de coña (pero ni de coña) y yo me lo he currado solito para llegar hasta aquí y no creo que me haya equivocado en tantas cosas. Entérese, señorito director. Y hay obispos que fornican como locos y se casan con acupuntoras coreanas que están bien buenas, y, caramba, no se está mal en el fondo, y por eso le aseguré a Ramón:

—Hoy me he levantado con un ramalazo de optimismo que no me lo creo ni yo. Estoy que no quepo en el pellejo. Viva el madrugón.

—Un ramalazo de optimismo. Eso está muy bien, Juan Jesús, hombre —levantó la vista del fregadero, del que saltaban chispas de detergente mientras lavaba con energía unos vasos—. ¿Estás escribiendo tus memorias, o qué? Ya abrió la papelería de aquí al lado. Son las ocho en punto. Abre a las ocho. Lo digo por si prefieres ir y comprarte un cuaderno. En una servilleta no te va a caber todo eso.

—¿Mis memorias? No. No me quiero acordar del pasado. ¿Por qué lo iba a anotar?

—Tú mismo, amigo.

—Sólo anoto un chiste antes de que se me olvide.

—Ah. Estás anotando un chiste.

—Un chiste, sí.

—¿Antes de que se te olvide?

—Antes de que se me olvide, Ramón. Es el que dice que iban dos caminando y se cae el del medio.

—¿Y?

Entraron nuevos clientes en la cafetería, así que por el momento Ramón lo dejó estar. Respiré hondo. Miré hacia fuera sin atreverme a levantar la punta del bolígrafo del papel. De una manera vaga me acordé de la historia de un papel manuscrito que había cobrado vida y había salido volando, y me dije que todo podía ser, que si la letra que manaba del bolígrafo no era la mía, mucho menos serían aquellas mis frases, mis pensamientos, y el papel, irremediablemente, pertenecía a otro. Pertenecía a sí mismo. Podía rebelarse contra mi autoridad y empezar a exigir igualdad de derechos. Sin olvidarnos del reportaje de los deficientes. Empezaba a recordar fragmentos más largos de aquel documental sobre los subnormales.

Miré hacia fuera una vez más y localicé a los tres de antes encaramados ya en el andamio, con los arneses colocados. Parecía tan fácil...

Hacía buen tiempo. Marta dormía aún. Había engordado bastante en los últimos tiempos y yo notaba que, cuando paseábamos por la calle, me comía con los ojos a las más flacas. Seguramente Marta también lo habría notado, pero lo dejaba pasar. Además, para mí, Marta era Marta. Si había engordado era por los disgustos que le di. Aquello de tanto beber se acabó. Me esperaban en la oficina. La vida puede ser hermosa si uno se lo monta bien. Con moderación. El médico no comprendía lo de la moderación por mucho que se lo explicaba. Médicos. Qué sabrán. Había intentado argumentarlo muchas veces, pero él decía que no, que lo mío era cuestión de cortar por lo sano. Cuanto antes. Qué prisas. No comprendía el bien que le hace el ron a mi cuerpo. Sé controlarme. Me había dado hora con el psiquiatra. Yo ni siquiera sabía a qué se dedicaba un psiquiatra.

Necesitaba otro café, pero cuando iba a pedirlo oí unos tacones en la calle y miré otra vez hacia fuera por pura inercia. El primer recuerdo que atesoro de Marta es el sonido de sus tacones por el corredor de aquella oficina donde nos conocimos.

No era Marta. Aquella mujer, que portaba un maletín de cobrador de seguros, avanzaba con pasos cautos de gacela mientras el aire de la mañana peinaba la melena larga y castaña. Me recordó a alguien. Cuando giró la cara hacia dentro, me miró y me sonrió, estuve completamente seguro. Un calambre de sorpresa me invadió el cuerpo, y luego un aluvión de recuerdos amargos y recientes me provocó tales temblores interiores que no pude levantarme para salir tras ella y saludarla.

—Un ron miel, Ramón.

—Otro ron miel. En seguida, Juan Jesús.

El licor, que tomé de un trago, me recompuso el organismo y las entendederas. Era ella. Era ella. Tenía la seguridad de que me había reconocido, porque me había sonreído. Bueno, juraría que aquella gacela asustadiza me había sonreído al pasar. Claro que sin la bata blanca era otra cosa. Ganaba mucho sin ese uniforme tan frío. Cuando la conocí me dio la impresión de que era la pieza más flotante, el pedazo de carne más amable de aquel universo blindado que era el hospital psiquiátrico.

—Enfermera, por favor... —la llamaba.

—Sí, dígame, Juan Jesús —respondía ella, siempre con esa amabilidad que era atención pero que no era entrega.

Yo, que estaba sin escayolas, sin sondas ni botellas de suero, sino con una bata obligatoria que me dejaba indefenso, como desnudo ante la policía, tenía pensado decirle entonces: «Arrégleme el cuerpo, morenaza de mis insomnios, si es usted tan amable. Sé que usted puede hacerlo», o, los días más áridos y ansiosos de la abstinencia, ensayaba mentalmente la frase: «Ven aquí, muchachita, bomboncito, que voy a desvelarte la verdad del placer». Pero la enfermera respondía a mi llamado con atención y sin entrega:

—Sí, dígame.

Y era tan rotunda la pregunta afirmada de ella que yo contemplaba las magníficas piernas morenas, echaba un vistazo luego a mi cama deshecha, y sólo acertaba a decir:

—Es que... me encuentro mal. No he logrado dormir.

En las consultas, el psiquiatra me preguntaba mil cosas y hacía que no atendía mucho a mis parlamentos, pero sé que los seguía a pie juntillas. La monotonía de los días y las semanas sin beber más que agua, entre los personajes iluminados que poblaban el patio del psiquiátrico, acabó por convencer al médico de que la cura había dado resultado. Creía que me había recuperado para la sociedad. Es decir, que si era por él, podía regresar a casa cuando quisiera y seguir currando para poder cotizar y pagar impuestos, que es de lo que se trataba al fin y al cabo.

Sí, superé con éxito aquella sequía ingrata y ahora me daba cuenta de que el ron miel tonifica el espíritu. Aleluya, dijo Jesús aquella noche de luna llena en que le fue desvelado el secretillo fundacional de la secta católica.

—Un café solo, Ramón, cuando puedas. Y un ron miel.

—Un café solo para el caballero. Y otro ron.

¿Qué haría ella por mi barrio? ¿Habría cambiado de trabajo? ¿Estaría en el paro? ¿Se acordaría de verdad de mí? ¿Cómo se llamaba? ¿Qué hacía con ese maletín de cobrador de funeraria?

Dios existía. Aún existía. Existiría hasta el día en que le perdiéramos el miedo. Y fornicaba a cámara lenta sobre nubes de algodón con ángeles de rasgos coreanos vestidos con bata blanca de encaje.

Por cierto, que nunca me he llegado a enterar de si los ángeles son machos o hembras. Tenía que habérselo preguntado al sabihondo del psiquiatra.

Lo anoté en la servilleta.

*Martes*

Querido diario:

Bronca con Juan Carlos. Da igual por qué nos peleamos. Estoy demasiado cansada como para contártelo. Una bronca relativamente fuerte. Además, fue a cortarse el pelo y se lo han dejado fatal. Pero fatal. Hablé por teléfono con Bea, mi hermana gemela, y la conversación fue bastante sosa hasta que noté que se quedó sola (cruzó unas palabras con su novio, que bajaba a comprar tabaco).

Entonces, con un susurro pícaro comenzó a contarme con pelos y señales cómo se lo habían montado en la casita de campo que alquilaron el pasado el fin de semana. Que si Armando le hace esto, que cómo le pellizca las nalgas, que si le hace lo otro, que si luego le embadurnó los senos de mermelada, que si después llenaron a rebosar la bañera, que si provocaron un oleaje que casi llega al dormitorio... y cuando repitió por tercera vez que su Armando era insaciable, la corté. No podía escuchar más.

—¿Qué pasa, monjita? ¿Estás en cuarentena o es Juan Carlos el que está de baja? —Me replicó, insolente.

En el trabajo, todo igual. Por un lado, las insinuaciones torpes de José Ángel, que al principio me parecían cómicas y ahora se me antojan patéticas («¿por dónde para una chica como tú los sábados?»). Por otro, un caso sencillo de una chica que quiere mantener controlado a su compañero. No teme que le ponga los cuernos con alguna fulanita; sólo quiere saber si ha dejado los vicios. Me resulta fácil averiguar lo que hace el individuo. Es como un juego de niños.

*Miércoles*

—Buenos días, Ramón.

—Son las ocho menos cinco. ¿Qué va a ser?

Resopló el vapor de la cafetera. El motor del lavavajillas hacía vibrar la parte inferior del mostrador.

—Un cortado, Ramón.

—¿Un cortado?

—Sí.

—¿Un cortado? ¿Seguro?

Otra de las cosas de Ramón. Cuando uno cambia las pautas, le rompe los esquemas. ¿Tanta diferencia había entre pedir un café solo, como hasta ahora había hecho, y un cortado? Me apetecía un cortado. Y punto final.

—Y un ron miel —me miré las manos, frías, agarrotadas. Procuraba paliar el temblor.

—Y un ron miel, Juan Jesús.

—Trate de dominar sus impulsos, Juan Jesús —me aconsejó en su momento el psiquiatra. Yo intentaba explicarle que los impulsos forman parte de la vida vital, de la alegría de los seres vivos animados, o algo parecido (más o menos) y entonces él se quitaba las gafas y mientras limpiaba las lentes con la corbata miraba por la ventana. En esos momentos pensaba que el médico —porque luego averigüé que el psiquiatra también era un médico— no sabía de qué hablaba.

—¿Qué noticias tenemos hoy, Juan Jesús? —Ramón, apoyado en el mostrador frente a mí, se secaba el sudor del cuello con la bayeta.

—¿Eh?

—Que qué noticias me cuentas, hombre.

Tenía El Diario Provinciano abierto ante mis ojos pero no había leído ni un titular. Elegí una entradilla al azar:

*El gobierno de Israel decide castrar sin anestesia a todos los palestinos mayores de doce años de Gaza y Cisjordania. La Casa Blanca contempla la posibilidad de proponer a la ONU el envío de bisturís desechables «para evitar que estas intervenciones quirúrgicas se lleven a cabo en condiciones higiénicas desfavorables para la población palestina»*

—¿Qué te parece, Ramón?

—¿Que qué me parece?

—Sí.

—Es un asunto de cojones.

—Y tanto.

—¿Qué más tenemos?

En esa misma página, un anuncio recuadrado de El Corte Islandés anunciaba la gran novedad exclusiva: se encuentra a disposición de su distinguida clientela el calzoncillo con bolsillos, galardonado con el primer premio en la Feria Internacional de Inventos de Pekín.

139

—Hay que joderse. No queda nada por inventar. Estoy seco. ¿Dónde está mi ron miel, Ramón?

Apuré el vaso de golpe. Al abrir los ojos y paladear el rebote etílico-místico, mi viejo amigo dulzón y rasposo, apareció de nuevo. El taconeo cauto y rítmico en la acera, el andar elástico de gacela aterciopelada que es puro vértigo de medias y minifalda, la melena castaña, me miró, me vio con el vaso en la mano y la boca abierta y los ojos desorbitados como un pez que acaban de pescar y que aún no se cree que vaya a morir fuera del agua, en seco.

—Enfermera —arrastré las palabras en un susurro imposible que no llegó a brotar de la garganta—, ¡enfermera! Arrégleme el cuerpo, si es usted tan amable. Sé que usted puede, enfermera.

—¿Otro cafecito, Juan Jesús? —Ramón acababa de servir unas tapas de tortilla a un trío de albañiles con aspecto soñoliento. Le había pasado inadvertido el tremendo acontecimiento.

—Otro café, sí, Ramón. Pero cortado. Y un ron solo.

Con el nuevo rebote etílico-místico no se repitió la aparición. Pero seguí intentando reproducir aquel prodigio, cada vez más entristecido. Hasta que me acordé de que tenía que presentarme en la oficina. Al fin y al cabo, era mi curro. Se había hecho bastante tarde.

—Qué tarde es, Ramón, ¿qué hora será?

Ramón no lo sabía.

*Jueves*

Querido diario:

Juan Carlos ha salido esta mañana de viaje. Se trata de un viaje de negocios programado desde el mes pasado pero que podía haber aplazado, que para eso es el jefe, si tuviera intenciones de hablar de lo nuestro. Si las tuviera, quizá yo no estaría ahora sola, a las doce de la noche, garabateando en el salón de casa a la luz de una lámpara anticuada, sino haciendo el amor con Juan Carlos por todo lo alto. Si las tuviera. Vuelve el sábado por la tarde.

Siempre he comprobado que los giros que debemos imprimir a nuestra vida comienzan por pequeños pasos. Cuando llegué a la oficina, nada más sentarme a la mesa cambié el portarretratos en el que aparecemos Juan Carlos y yo abrazados en el malecón habanero por un retrato de Bea y mío. Estamos muy guapas, especialmente yo, aunque no esté bien que lo diga. Es una foto tomada la semana pasada en la que creo que por primera vez supero a mi hermana gemela, porque por primera vez en la vida estoy tan esbelta y tengo el pelo tan largo como ella. Me ha costado muchas privaciones y muchos meses de gimnasio, pero he ahí el resultado, a la vista de todos. Al fin contemplo (y muestro en público) con satisfacción plena un retrato de ambas, porque sé que he acabado con aquella penosa comparación inevitable y burda entre la lista, la guapísima enfermera de cabellera castaña con plaza fija en el hospital psiquiátrico y su duplicado soso, la oficinista rolliza que era yo.

Y ahí no queda la cosa. Tengo una cita. Me río yo sola de puro nervio, de ilusión, en la soledad del salón de casa cuando escribo «tengo una cita». Le facilité las cosas a José Ángel. Al fin y al cabo no parece mal tipo, aunque torpe. Para ser franca: quién sabe si en la cama es otra cosa. Sorpresas mayores me he llevado, pero no es el momento ahora de escribir acerca de eso. No hay más que ver los documentales de focas y de leones marinos en la Patagonia y por ahí: en tierra son masas de grasa que se arrastran de manera repulsiva, pero en el mar son los nadadores más ágiles.

Ya te contaré, querido diario, dónde me lleva a cenar mañana viernes.

*Viernes*

Me vestí, cerré las persianas, le di un beso a Marta, que aún dormía (Dios de la misericordia infinita, pero qué gorda se me ha puesto Marta), cogí el maletín y la agenda y bajé a la cafetería.

—Buenos días, Ramón.

—Hola, hola, Juan Jesús. Son las siete y media.

—Cada vez duermo menos —murmuré— y cada vez lo noto menos.

—¿Cómo dices? —Ramón buscaba sobres de azúcar en un cajón junto al molinillo de café, cuyo motor un zumbaba cual taladro.

—Sírveme un ron, haz el favor, y un café solo.

—¿Café solo o cortado?

—Vamos a dejarlo en café solo para que no te líes, Ramón.

—¿Líos? Nada de eso. Lo que tú quieras y te apetezca.

—Solo, entonces.

Lancé una mirada rapaz hacia la entrada porque había detectado unos pasos.

Falsa alarma.

Estuve a punto de preguntarme si el hecho de dormir menos era un síntoma de que mi organismo me exigía a una hora cada vez más temprana el chupito de ron, pero frené la tesis, el razonamiento, a tiempo. Razonamiento. El médico usaba a menudo esa palabra, razonamiento, con la solemnidad de quien cree que ella será la llave maestra en la fase de desintoxicación. Otra palabrita: desintoxicación. Pero es que nunca me sentí intoxicado. Lo más, borracho. Borracho baboso, si se quiere, pero si el alcohol sale de la tierra, de la uva, de los cereales, ¿cómo va a ser tóxico? Son preguntas que siempre se me quedaban en el tintero en aquellas reuniones de alcohólicos anónimos.

A Marta le quedaba aún un buen rato de descanso, de sueño mañanero, mientras yo ya estaba maquinando. Lo que ha aguantado mi Marta. No puedo obligarla a pasar por esto otra vez. Hoy debía procurar ser puntual en la oficina. No podía despistarme.

—Ramón, por favor, otro ron.

Necesitaba uno más para centrarme, para despejarme y liberarme definitivamente del maldito temblor que me agarrotaba las manos.

—¿Cuándo empezó usted a beber? —Me preguntó el médico cuando ingresé en el psiquiátrico.

Menuda pregunta más difícil. Y cómo les gustaba repetirla.

—Pues verá, doctor...

—Me pones otro café y un ron, el último, Ramón, que me voy al despacho, que se me hace tarde.

—Cómo no, Juan Jesús, café solo y ron.

Ya abandonaba mi taburete de la cafetería, desesperanzado y cabizbajo como un niño al que han negado el caramelo prometido, cuando ocurrió: amaneció un amanecer de taconeo elástico, de piernas largas, de medias negras y minifalda, de cabellos peinados por la brisa, de mirada castaña de gacela asustada que me sonríe y me deja clavado al pavimento del bar.

—Enfermera, si fuera usted tan amable, revíseme por favor estos síntomas alarmantes de emoción romántica que me mordisquean el vientre y me suben hasta el cuello, aquí por detrás de las orejillas, si fuera usted tan amable, se lo agradecería eternamente.

*Sábado*

Querido diario:

Son las dos de la tarde y acabo de levantarme. No puedo escribir mucho rato porque dentro de un momento salgo en dirección al aeropuerto para recoger al señorito directivo, al Juan Carlos.

¿Qué te comentaba el jueves acerca de focas y leones marinos? Me quedé corta. En público, José Ángel es como esos leopardos de porcelana, una figura decorativa demasiado grande, demasiado hortera y con la que todos tropiezan. En la intimidad de mi casa, en mi cama, el leopardo se encarnó. El leopardo más caliente, dulce e insaciable de toda Kenia me hizo sentir como una gacela extasiada. ¡Dios de la misericordia infinita!

Ha llegado el momento de cambiar de trabajo. No me conviene ver a José Ángel todos los días en la oficina. Esta pasión hay que cuidarla. Que me dure, Dios, que me dure. Él está de acuerdo (en lo del cambio de empleo. Lo otro me lo reservo, claro). Aceptaré la propuesta de aquel despacho de abogados que supo de mí por referencias y que me llamó hace unas semanas.

El lunes concluiré el informe de Marta Ventura López, la mujer que nos contrató para que vigiláramos a su marido, un tal Juan Jesús Hernández Gonzalo, para descubrir si era verdad que había dejado el alcohol. Respuesta: negativo. Nada más fácil que acercarme al bar que nos había indicado ella, justo en los bajos de su edificio, y grabar con la cámara digital, oculta en el maletín, cómo se larga los vasos de ron, uno detrás de otro, mientras conversa con el camarero. Una o dos veces me vio y puso cara de cazador cazado. Quizá sospechó de mí. En el fondo me da igual. Se acabó mi vida de investigadora privada.

# LA FERIA DE PEKÍN (V)

Era la primera vez en su breve carrera de redactor que le asignaban una tarea tan importante como aquella, y el hecho de haberlo elegido a él, precisamente a él, al Guillermito, no hacía más que confirmar el carácter imprevisible del director, esa personalidad que mantenía soliviantado a todo el equipo. Aquel encargo iba a pesar mucho en su currículum, en uno de los dos sentidos. Si el redactor jefe y Andrés, el director, quedaban satisfechos, marcaría un excelente epígrafe en él. Si la crónica no les gustaba, lo hundiría.

Guillermo, aislado en su soledad de extranjero, rumiaba sus posibilidades de éxito, que parecían menguar a medida que pasaban los minutos, y también la sospecha de que lo habían mandado a China porque era el único de su sección que no tenía cargas familiares. Mientras el autobús del aeropuerto se internaba en las avenidas de Pekín, pensaba en lo que le sucedió en un momento dado a Remigio Guerra. ¿Dónde demonios se había metido Remi en un momento dado? Se sabía la historia de memoria aunque no había llegado a conocerlo, pues cuando dejó en un momento dado a su familia, a su mujer, a sus hijas, por el viejo chino de marras, él remataba el quinto curso de Periodismo y fue al año siguiente cuando ingresó en El Diario Provinciano a cambio del típico sueldo de hambre, en un momento dado. Ni más mi menos: en un momento dado. Un momento dado que le sirvió para dar el golpe de timón más inesperado de todos.

Y, por cierto —en medio de aquel embotellamiento chinesco, Guillermito se permitió una pausa—, qué mujer, Margarita, Margarita, nuca olvidaba el nombre de una mujer de bandera como aquella, había que ver a Margarita con aquellas faldas que le quedaban tan bien y con aquella melena y ese aire melancólico de quien le pega duro a los tranquilizantes. Sí, conocía la historia de memoria, aquella ridícula leyenda de Remigio Guerra, de lo buen profesional que era, y «¿dónde estará Remigio?», aquella era la frase en la que todos los que le habían relatado el caso se anclaban, se quedaban desamparados, sólo para añadir después: «Se comenta, Guillermito, entre nosotros, ¿eh?, que quede entre nosotros, por favor, que Margarita y el dire se entienden».

El autobús paró. ¿Qué más le daba a Guillermo que el director y Margarita estuvieran liados?

No cabía duda de que era allí, de que había llegado: una gran plaza, banderas al viento. Todos se apeaban y caminaban, alisándose las solapas de la chaqueta y ajustándose la corbata, hacia aquel pabellón acristalado y monumental.

Desde el momento en que pisó el recinto ferial pekinés centró sus energías en guardar el empaque para estar a la altura de los corresponsales veteranos y los especialistas en crónicas de política internacional con quienes iba a compartir la sala de Prensa, aquellas caras conocidas de los telediarios y aquellos respetados columnistas de The Independent y de El País. Mostró su acreditación a una pareja de guardias casi adolescentes vestidos de almirante, consultó el panel informativo y allá se dirigió. Saludó a los periodistas al llegar a aquel departamento, y con un exceso de efusividad provocado por los nervios de principiante se presentó con repetidos apretones de mano a quienes redactaban frente a las pantallas y a quienes preparaban magnetofones, cámaras y micrófonos: «Soy Guillermo Pando, de El Diario Provinciano; *Bill Pando, from Diario Provinciano, from Spain, pleased to meet you*».

Obtuvo sonrisas corteses y respuestas breves, tras las cuales todos volvieron a sumergirse en su labor sin fijarse en cómo Guillermito ocupaba su puesto. Se arrellanó frente al escritorio, sobre el que colocó el maletín y el bolso de viaje, e hizo una pausa que le sirvió para mirar a derecha e izquierda y recordar un reportaje que había elaborado un amigo de la facultad acerca de las granjas de pollos del sur del país. Una fila de jaulas, mejor dicho, una única jaula segmentada en compartimentos estrechos, dentro de los cuales las gallinas, inmovilizadas por barrotes de alambre, debían comer y poner. Y no se hable más. Frenó el argumento que comenzaba a hilvanar su mente: una fila de mesas, o, mejor dicho, una única mesa cortada en tramos de setenta centímetros; en cada segmento, un periodista frente a un ordenador...

Su pensamiento saltó sin transición a la agotadora secuencia vivida en las últimas horas, desde la noche anterior. Taxi, guardias civiles legañosos, salas de espera, avión, desayuno de plástico, escalas, más salas de espera, avión, refrigerio ultracongelado, equipajes, gendarmes con metralleta, carteles indescifrables, autobuses.

Ya estaba allí.

«Ya estoy aquí. Y ahora, ¿qué?»

Necesito un café, se dijo. Alzó la vista y observó otra vez el panorama geométrico de mesas, algunas vacías o desordenadas y otras ocupadas por individuos sumidos en un tecleo (picoteo de gallina) silencioso frente a los ordenadores, una actividad que de pronto se le antojó clandestina. En una de las esquinas de la sala de Prensa se había instalado un mostrador tras el cual se exponían, en neveras de puerta acristalada, latas de refresco, bocadillos plastificados, zumos envasados y chocolatinas. Al lado del camarero chino uniformado, que aguardaba detrás de la barra en posición de firmes y que ya había advertido su mirada, había una hermosa cafetera italiana sobre la que se apilaban platos y tazas. Ante esa escena, Guillermo se sintió como en casa por un segundo. Pero inmediatamente bloqueó el impulso con el que se levantaba. Lo corriente en estos casos es que el asunto sea gratis para los currantes, pensó. Pero más vale cerciorarse. No tenía aún moneda china. Se dirigió en inglés a la enviada del Washington Post, que ocupaba la mesa contigua.

—Hola, soy Guillermo Pando, de El Diario Provinciano, ¿me puedes decir...?

—¡Hola! ¿Eres nuevo, no? ¿Qué hay de Remigio?

—Yo lo sustituyo.

—¿Está enfermo?

—No. Bueno, no lo sabemos, en realidad.

—¿No sabes qué?

—No sabemos dónde está.

—¿Está de baja?

—Remigio *is off.*

La washingtoniana levantó ambas manos del teclado, arqueó las cejas tras sus gafas doradas y lo miró maravillada. O escandalizada.

—Permiso —Guillermito intentó forzar una sonrisa—. Nos vemos luego.

Salió huyendo a trompicones del salón.

Paseó un rato por los pasillos enmoquetados de la exposición mientras dejaba pasar los minutos, hasta que encontró los servicios. Respiró aliviado cuando se vio en la intimidad de la cabina del retrete. Con toda parsimonia se sentó y sacó del bolsillo de la americana la corbata hipobárica que le había regalado un amigo policía. Se la anudó al cuello y recreó con los ojos cerrados la expresión de sorpresa de aquella gringa miope. Remigio *is off.* Desde las zonas más alejadas de su cuerpo, desde los barrios periféricos de las extremidades, notó la llegada de un impulso agradable, una onda alegre que empezó a resbalar por la comisura de la boca en forma de sonrisa, primero, y luego de risita tonta. Cuando salió del retrete reía ya a carcajada limpia. Un ejecutivo orondo, que se había quitado la camisa para afeitarse, lo miró a través del espejo con la navaja en la mano. Dejó los baños y se adentró en la Feria Internacional de Inventos de Pekín.

Sintió de inmediato que lo engullía el anonimato de la masa que fluía por los corredores atestados del recinto ferial. Paseó sin rumbo, dejando que lo anestesiara la melodía lejana y cursi del hilo musical entremezclada con las conversaciones en inglés, chino y alemán. Desde la cubierta, los focos iluminaban los vistosos pabellones, instalados entre abigarrados adornos florales. Guillermo, que avanzaba arrastrando los pies sobre la moqueta, sufrió lo que Luis Alfonso, un compañero de la sección de cultura de El Diario Provinciano, calificó semanas después de «ataque poético».

—¿Me puede explicar qué desgracia ha sucedido en su vida familiar para que alguien aparentemente sano como usted dedique su tiempo a idear y fabricar un abrelatas para mancos? —Preguntó, cuaderno y pluma en mano, a aquel inventor neozelandés que le había presentado su hallazgo con todo detalle.

—Te pasaste un poco, ¿no te parece, Guille? —Se había reído Luis Alfonso, frente a su taza de café, cuando, de vuelta al periódico, salieron aquella tarde al bar para comentar los detalles del viaje—. Eso no es otra cosa que un gravísimo ataque poético neuronal asintomático con todas las de la ley, amigo mío —añadió subiendo la voz, como anunciando su diagnóstico a la audiencia del bar.

—Bueno, bueno —trató de defenderse Guillermito, cohibido—. Es... es otra manera de comenzar una entrevista, ¿no crees?

—Y ahora gritarás, puño en alto, «demolamos la pirámide invertida», y me dirás que actuabas bajo presión.

—Actuaba bajo presión.

—¿Qué? —Rió de nuevo Luis Alfonso.

—Me has pedido que lo diga.

—Pagaría por ver la cara que se le quedó al surfero neozelandés.

—No era surfero, joder, ya te lo he dicho. No todos los neozelandeses son surferos, ni todos los japoneses son ingenieros electrónicos.

—Pero tienen cara de tal.

El inventor, que tenía un abrelatas para mancos en cada mano, quedó desconcertado y buscó la mirada de Guillermo, pero él garabateaba furiosamente con los ojos clavados en la libreta. Al fin levantó la vista del papel y esperó su respuesta con la naturalidad de quien aguarda los comentarios de un concejal sobre el presupuesto municipal. Uno, dos, cuatro, cinco segundos de silencio agrio. Y brotó de la megafonía el anuncio de que en breves minutos se anunciaría el fallo del jurado sobre los mejores inventos del año.

—Sintiéndolo mucho, tengo que dejarle, amigo. No puedo perderme los premios. Si me los pierdo, el director me despide. Aunque esté contento porque últimamente se beneficia a la Margarita, que está muy requetebuena, me despide.

Marcó en el cuaderno un punto y final seco cual picotazo de gallina.

Se levantó, se ajustó un poco más la corbata hipobárica —inmediatamente un agradable calambre de sangre inquieta le subió desde los hombros hasta el filo de las orejas— y caminó hasta un cruce de pasillos, donde miró alrededor para tratar de averiguar dónde se celebraría el acto. Tuvo la suerte de ver pasar a lo lejos a la del Washington Post y se limitó a seguirla. Unos minutos después llegaron al salón de actos, que ya estaba atestado. La organización había instalado una pantalla de proyecciones gracias a la cual el mundo se haría idea del funcionamiento de «un invento trascendental para asegurar el sustento de las generaciones venideras». Al menos eso dijo el ministro chino de Industria durante la presentación. El ambiente era vibrante, como en un partido del mundial. En cuanto se hizo cargo de la situación, Guillermo anotó un titular («El premio se queda en casa») que desechó inmediatamente para pensar en algo así como «Al fin, profetas en su tierra». El ministro proclamó el nombre del galardonado, un tal Huang, que había inventado el *sky-fishing*, y la sala estalló en una ola de aplausos y vítores. China había marcado el uno a cero. Los fotógrafos corrieron hasta el pie del estrado y ametrallaron con sus flashes al ministro abrazado a Huang.

Cuando se dirigió al público, a China y al mundo por los micrófonos, el inventor habló en chino, inglés y castellano, porque vivía en un pueblo costero español. Guillermito tuvo claro entonces el titular de la crónica: «La Muestra de Pekín premia a España». Mejor aún: «Pekín premia a España». Sí, era un titular redondo. No se lo iban a rechazar. Ya le había cogido el truquillo al director: no le interesaban las verdades verdaderas, sino las semiverdades taquilleras.

—Pero Guillermito, ¿de qué iba la vaina? —Preguntó Luis Alfonso, apurando el café.

—De pesca aérea. Quedó muy claro. ¿Tú no lees los periódicos? ¿No ves la tele, o qué? Pasaron el vídeo por todos los canales del mundo.

—Estuve enfermo esos días.

—Es verdad, no me acordaba. Es que eres inoportuno a más no poder.

—¿Y bien?

—Tú coges un par de grúas de gran tonelaje y las sitúas en una playa que esté suficientemente contaminada por hidrocarburos y aguas fecales. Levantas la orilla de la playa con las grúas, como quien levanta una alfombra para pasar la aspiradora bajo ella, y entonces los peces voladores salen disparados, espantados por el movimiento del agua. Se acercan en dirección contraria dos avionetas en vuelo raso que llevan cogida por ambos extremos una red, un híbrido entre malla de arrastre y red de jugar al tenis, que pilla el cardumen —más bien la bandada— de peces en pleno vuelo.

—¿Y ya está?

—No. Mientras las avionetas aterrizan y los pilotos-marineros le hacen un nudo a la red, tú pones la sartén al fuego.

—¿Y se supone que «este invento trascendental asegurará el sustento de las generaciones venideras»?

—Y además de eso, provocará que el noventa por ciento de los restaurantes de pescado fresco se trasladen de los pueblecitos pesqueros a las inmediaciones de los aeródromos.

# APÉNDICES

El Fula se apoyó en un muro pintarrajeado y lleno de carteles que anunciaban fiestas ya pasadas. Sacó ambas manos de los bolsillos del anorak y se rascó la cabeza con energía. ¿Por qué le picaba tanto? Encendió el último cigarrillo que le quedaba.

Sabía que era hora de desaparecer. Amagaba pero no encontraba fuerzas para hacerlo. Desaparecer. Ya. Había visto muchos amaneceres como ese y no quería contemplar ninguno más. Ya era tarde para esconderse en la sombra. El silencio había ganado la partida. El fresco de la noche se retiraba e iba a parar a algún solar de chatarras polvorientas. De ese mismo lugar desconocido provenía un calor madrugador que minuto a minuto completaba una redada por todas las calles de la Costa Polvoranca y que al final se pegaba a la piel y consumía los restos de fuerzas que quedaban en los músculos. Los neones de la avenida se apagaban. Enmudecían las risas de la noche y la luz de las farolas, inútil ya, quedaba desnuda y patética sobre un cielo que clareaba.

Desde el extremo de la avenida, de donde la vida había desertado, se acercaba una pareja tambaleando por el centro del asfalto.

—¿Por qué te llaman El Fula?

Miró a su derecha. Sí, una voz le había preguntado por qué lo llamaban El Fula. No lo había soñado. A su derecha se había arrimado un síntoma que liaba un porro con el culo pegado al muro. El único síntoma que quedaba. Un síntoma preguntón. No quería hacer el esfuerzo de recordar qué había sido de los otros dos.

La pareja no paraba de reír. Él, con una risa ronca de viejo asmático, y ella con un cacareo borracho que rebotaba en los flancos de la avenida. Tardaban en llegar y El Fula quería que desaparecieran de su vista de una vez. No podía soportar la idea de que se aproximaran, y deseó que el amanecer fuera un videojuego para poder saltar al centro de la calle y eliminar a aquellos inútiles con una ráfaga de metralleta ergonómica. Y de paso sumar diez mil puntos. La pareja venía abrazada pero él se separaba de ella una y otra vez para hacerle cosquillas en el ombligo. Ella entonces esquivaba sus manos largas con una risita y una sabia finta de cadera y volvía a abrazarlo con la energía de los puños cerrados que no quieren acariciar la espalda, como un boxeador agotado que sujeta al adversario.

—Aquí es —le decía, baboso. Con un dedo le acariciaba el vientre—. Aquí tienes el apéndice.

—¿Qué sabrás tú, Carmelo? —Espetó, apartándose los rizos de la cara con un gesto aprendido.

El Fula sintió la acidez de la náusea cuando comprobó que se trataba de una cabaretera de tercera división que intentaba ir al grano para redondear las ganancias de la noche. Le dio una calada intensa al porro y retuvo el humo con una inspiración profunda. No les quitaba ojo. Al fin y al cabo, eran lo único que se movía por los alrededores.

—Claro que lo sé. Soy médico —farfulló el cliente—. Si tuviera mi bisturí portátil, te extirpaba el apéndice ahora mismo. Para que te enteres, soy médico apendicitólogo y con mi bisturí de campaña he operado y he diseccionado y hasta una vez le hice la necropsia a un cuaderno asintomático en el altar de la catedral de Amberes.

La risa cascada de ella volvió a rebotar en las fachadas desnudas de la Costa Polvoranca. Le dio al médico un beso lascivo y comenzó a decirle:

—Cállate ya. Anda, vamos a un sitio que...

—Me recuerdas a una que conocí en Barcelona el mes pasado —la interrumpió.

—¿Qué? —Ella se separó un poco y lo miró con gesto calculador.

—Que me recuerdas a...

—Mira, a mí no me compares con ninguna, cielo.

Cuando la discusión se encendió en medio de la avenida desierta, El Fula razonó para sus adentros que la buscona no tenía por qué enfadarse. Era comparable a cualquier otra. Y la oportunidad de ser operado del apéndice de manera gratuita no se presenta todos los días.

—¿No te jode, la tía? —Le dijo al chico que le acompañaba. Pero al mirar a su derecha, vio que se había largado.

# COMERCIO ASINTOMÁTICO

—¿A qué viene lo de «escritura asintomática»? —Preguntó la presunta lectora, ajustándose las gafas, cogiendo con dedos escrupulosos el volumen de un anaquel de la librería.

—Porque la vida es asintomática. Además, si hay escritura automática, ¿por qué no también asintomática? —Respondió el dependiente.

—¿Que la vida es asintomática? Eso será la suya. Yo tengo tres o cuatro síntomas todos los días.

—¿Sí? ¿Dónde?

—En el bulbo raquídeo. Y en el trigémino.

—¿Usted tiene de eso?

—Pues claro. O ¿qué se ha creído?

—Entonces, este libro es ideal para usted. Lo puede leer con el nervio de la masticación.

# NOTA BIOGRÁFICA

Claudio Colina Pontes vive en Tenerife, donde ha ejercido de periodista, profesor de música, fotógrafo, guía turístico, ayudante de hemeroteca, docente universitario y vendedor.
Comenzó a publicar relatos en Prensa en 1996. Sus dos colecciones de cuentos más recientes, *Obras con petas* y *Cartas a un pelágico*, que suman más de cincuenta narraciones, fueron acogidas por la crítica con un silencio absoluto.
Obtuvo el Primer Premio del tercer concurso de relato breve de la Biblioteca Municipal de El Tanque, categoría adultos en 2006, con *A la sombra de un naranjo*.
Actualmente vive de las piedras.

© Gabriel Díaz
© Baile del Sol (para esta edición)


Fotografía original cubierta: Gabriel Díaz


Impreso por: PUBLICEP Libros Digitales S.L.


D.L.: M-41827-2007
I.S.B.N: 978-84-96687-16-5


℗Ediciones de Baile del Sol, 2007.